V
L.30
(26)

AF319951

# MIROIR DU DIABLE

# ALMANACH

## DIABOLIQUE, DROLATIQUE et COMIQUE

Contenant :

Un grand nombre d'Anecdotes modernes,
orné de gravures, composé, recueilli
et corrigé pour l'an 1846.

## Par un Démon,

Auteur des Souvenirs d'un Vieux de la Vieille.

## Prix : 50 cent.

Paris,
CHEZ TOUS LES MARCHANDS DE NOUVEAUTÉS.

she could take it with her when she went out to walk, and if by chance it did drop on the ground it would not break.

She could play with it as she sat by the fire, or put it in her bed at night, and not fear that it would melt with the heat.

Her doll had red cheeks, and she gave it the name of Rose. But her own cheeks were quite pale, so Bell and Grace said the doll was the red rose, and she the white rose.

Rose and her doll went by these

Printed by Ducessois, quai des Augustins, 55.

# LA QUEUE DU DIABLE

## ALMANACH

### DIABOLIQUE, DROLATIQUE ET COMIQUE

### POUR 1846.

8ᵒ V
430 (76)

PARIS. — Imprimerie de CHASSAIGNON,
7, rue Gît-le-Cœur.

# LA QUEUE DU DIABLE

## ALMANACH

### DIABOLIQUE, DROLATIQUE et COMIQUE

Contenant :

Un grand nombre d'Anecdotes modernes, orné de gravures, composé, recueilli et corrigé pour l'an 1846.

## Par un Démon,

Auteur des Souvenirs d'un Vieux de la Vieille.

## Prix : 50 CENT.

Paris,

CHEZ TOUS LES MARCHANDS DE NOUVEAUTÉS.

1846

Venez me consulter pour savoir les saisons,
Et quand le soleil entre en ses douze maisons,
De la terre et du ciel je sais les destinées,
L'hiver en instruisant j'amuse les veillées.

# NOUVEAU

# CALENDRIER

## Pour l'année

## 1846.

# ARTICLES PRINCIPAUX POUR 1846.

## COMPUT ECCLÉSIASTIQUE.

Nombre d'or en 1846 4
Epacte. . . . . . . III
Cycle solaire. . . 7
Indiction romaine 4
Lettre dominicale D

## QUATRE-TEMPS.

Mars, 4, 6 et 7.
Juin, 3, 5 et 6.
Septemb., 16, 18 et 19.
Décemb., 16, 18 et 19.

## FÊTES MOBILES.

Septuagésime 8 févr.
Les Cendres, 25 févr.
Pâques, 12 avril.
Rogations, 18 mai.
Ascension, 21 mai.
Pentecôte, 31 mai.
Trinité, 7 juin.
Fête-Dieu, 11 juin.
Premier dimanche de
l'Avent, 29 nov.

## QUATRE SAISONS.

Printems, le 20 mars.
Eté, le 21 juin.
Automne, le 23 sept.
Hiver, le 22 décemb.

## SIGNES DU ZODIAQUE.

♈ Bélier, mars.
♉ Taureau, avril.
♊ Gémeaux, mai.
♋ Ecrevisse, juin.
♌ Lion, juillet.
♍ Vierge, août.
♎ Balance, septemb.
♏ Scorpion, octobre.
♐ Sagittaire, novemb.
♑ Capricorne, décem.
♒ Verseau, janvier.
♓ Poissons, février.

## PHASES DE LA LUNE.

● Nouvelle Lune.
☽ Premier quartier.
○ Pleine Lune.
☾ Dernier quartier.

## ÉCLIPSE VISIBLE A PARIS.

Le 25 avril, Eclipse partielle de Soleil, visible à Paris.
Commencement de l'Eclipse à 4 h. 56' du matin. Fin à 10 h. 54'.

| Janvier. | Février. |
|---|---|
| ☽ le 4 à 9 h. 35' du s. | ☽ le 3 à 5 h. 31' du m. |
| ⊕ le 13 à 2 h. 41' du s. | ☽ le 11 à 9 h. 21' du s. |
| ☾ le 20 à 4 h. 1' s. | ☾ le 19 à 4 h. 53' m. |
| ● le 27 à 6 h. 32' m. | ● le 25 à 7 h. 41' du s. |
| 1 jeu Circoncision | 1 4 D s. Ignace |
| 2 ven s. Basile | 2 lun PURIFICAT. |
| 3 sam s. Geneviève | 3 mar s. Blaise |
| 4 sam s. Rigobert | 4 mer s. Gilbert |
| 5 lun s. Siméon Sty | 5 jeu s. Agathe |
| 6 mar EPIPHANIE | 6 ven s. Wast |
| 7 mer s. Théau | 7 sam s. Romuald |
| 8 jeu s. Lucien | 8 Dim Sept. s. J. de M. |
| 9 ven s. Furcy | 9 lun s. Apoline |
| 10 sam s. Paul | 10 mar s. Scolastique |
| 11 1 D s. Théodore | 11 mer s. Séverin |
| 12 lun s. Arcade | 12 jeu s. Eulalie |
| 13 mar Bapt. N.-S. | 13 ven s. Lézin |
| 14 mer s. Hilaire | 14 sam s. Valentin |
| 15 jeu s. Maur | 15 Dim Sex. s. Faust. |
| 16 ven s. Guillaume | 16 lun s. Julie |
| 17 sam s. Antoine | 17 mar s. Silvain |
| 18 2 D Ch. à P. à R. | 18 mer s. Simon, év. |
| 19 lun s. Sulpice | 19 jeu s. Gabin |
| 20 mar s. Sébastien | 20 ven s. Eucher |
| 21 mer s. Agnès | 21 sam s. Pépin |
| 22 jeu s. Vincent | 22 Dim Quinq. s. Ch. |
| 23 ven s. Ildefonse | 23 lun s. Lazare |
| 24 sam s. Babylas | 24 mar s. Mathias |
| 25 3 D s. Policarpe | 25 mer Cend. s. Vict. |
| 26 lun s. Paule | 26 jeu s. Alexis |
| 27 mar s. Julien | 27 ven s. Léandre |
| 28 mer s. Charles | 28 sam s. Romain |
| 29 jeu s. Franç. de S. | |
| 30 ven s. Bathilde | |
| 31 sam s. Pierre Nol. | |

| Mars. | Avril. |
|---|---|
| ☽ le 4 à 10 h. 41' du s. | ☽ le 3 à 6 h. 21' du s. |
| ☉ le 13 à 2 h. 58' m. | ☉ le 11 à 6 h. 5' du s. |
| ☾ le 20 à 2 h. 7 du s. | ☽ le 18 à 8 h. 34' s. |
| ● le 27 à 8 h. 0' m. | ● le 25 à 4 h. 58 du s. |

| Mars. | Avril. |
|---|---|
| 1 1 D Quad. s. Aub. | 1 mer s. Hugues |
| 2 lun s. Simplice | 2 jeu s. Franç. P. |
| 3 mar s. Cunégonde | 3 ven s. Richard |
| 4 mer s. Casimir 4 T. | 4 sam s. Isodore |
| 5 jeu s. Drausin | 5 Dim Rameaux |
| 6 ven s. Colette | 6 lun s. Prudence |
| 7 sam s. Thomas | 7 mar s. Egésipe |
| 8 2 D Rem. s. J. de D. | 8 mer s. Perpétue |
| 9 lun s. Françoise | 9 jeu s. Marie égyp |
| 10 mar 40 Martyrs | 10 ven s. Macaire |
| 11 mer s. Euloge | 11 sam s. Léon |
| 12 jeu s. Pol. év. | 12 Dim PAQUES |
| 13 ven s. Euphrasie | 13 lun s. Justin |
| 14 sam s. Mathilde | 14 mar s. Tiburce |
| 15 3 D Oculi s. Abr. | 15 mer s. Paterne |
| 16 lun s. Grégoire | 16 jeu s. Fructueux |
| 17 mar s. Gertrude | 17 ven s. Anicet |
| 18 mer s. Alexandre | 18 sam s. Parfait |
| 19 jeu s. Joseph | 19 1 D s. Elfège |
| 20 ven s. Vulfran | 20 lun s. Agnès |
| 21 sam s. Benoit | 21 mar s. Anselme |
| 22 4 D Lat. s. Léo | 22 mer s. Opportune |
| 23 lun s. Victorien | 23 jeu s. Georges |
| 24 mar s. Gabriel | 24 ven s. Robert |
| 25 mer ANNONCIAT. | 25 sam s. Marc |
| 26 jeu s. Romuald | 26 2 D s. Clet, pape |
| 27 ven s. Rupert | 27 lun s. Polycarpe |
| 28 sam s. Gontran | 28 mar s. Vital |
| 29 Dim LA PASSION | 29 mer s. Pierre |
| 30 lun s. Rieul, év. | 30 jeu s. Eutrope |
| 31 mar s. Balbine | |

| Mai. | Juin. |
|---|---|
| D le 3 à 0 h. 1' du s. | D le 2 à 5 h. 39' du m. |
| ☉ le 11 à 6 h. 16' m. | ☉ le 9 à 3 h. 43' soir. |
| ☾ le 18 à 1 h. 36' m. | ☾ le 16 à 6 h. 47 s. |
| ● le 25 à 4 h. 54' m. | ● le 23 à 5 h. 57 s. |
| ◆◆◆◆◆◆◆◆◆◆ | ◆◆◆◆◆◆◆◆◆◆ |
| 1 ven s. PHILIPPE | 1 lun s. Pamphile |
| 2 sam s. Anthanase | 2 mar s. Erasme |
| 3 9 D Inv. s. Croix | 3 mer s. Clotilde 4 T. |
| 4 lun s. Monique | 4 jeu s. Monique |
| 5 mar s. Hilaire | 5 ven s. Boniface |
| 6 mer s. Jean P. L. | 6 sam s. Norbert |
| 7 jeu s. Stanislas | 7 1 D LA TRINITÉ |
| 8 ven s. Désiré | 8 lun s. Médard |
| 9 sam s. Grégoire | 9 mar s. Prime |
| 10 4 D s. Antonin | 10 mer s. Landri |
| 11 lun s. Mamert | 11 jeu Fête-Dieu |
| 12 mar s. Pancrace | 12 ven s. Basilide |
| 13 mer s. Servais | 13 sam s. Ant de P. |
| 14 jeu s. Pacôme | 14 2 D s. Basile |
| 15 ven s. Isidore | 15 lun s. Guy, m. |
| 16 sam s. Honoré | 16 mar s. Fargeau |
| 17 5 D Rog. s. Pascal | 17 mer s. Avit |
| 18 lun s. Félix | 18 jeu s. Marc, m. |
| 19 mar s. Yves | 19 ven s. Gerv. s. Pr. |
| 20 mer s. Bernard | 20 sam s. Silvère |
| 21 jeu ASCENSION | 21 3 D s. Louis de G. |
| 22 ven s. Julie | 22 lun s. Paulin |
| 23 sam s. Didier | 23 mar s. Félix vj. |
| 24 6 D s. Donatien | 24 mer s. Jean-Bapt. |
| 25 lun s. Urbain | 25 jeu s. Prosper |
| 26 mar s. Ph. de Néry | 26 ven s. Babolein |
| 27 mer s. Augustin | 27 sam s. Crescent vj. |
| 28 jeu s. Germain | 28 4 D s. Irénée |
| 29 ven s. Maximin | 29 lun s. Pierre s. P. |
| 30 sam s. Emilie vj. | 30 mar Com. de s. P. |
| 31 Dim PENTECOTE | |

| Juillet. | Août. |
|---|---|
| ☽ le 1 à 0 h. 33′ du s. | ○ le 7 à 5 h. 7′ du m. |
| ○ le 8 à 11 h. 20′ du s. | ☽ le 13 à 11 h. 1′ du s. |
| ☾ le 15 à 1 h. 33′ du s. | ○ le 21 à 11 h. 33′ s. |
| ● le 23.    ☽ le 31. | ☾ le 29 à 10 h. 18′ s. |
| ● ● ● ● ● ● ● ● ● ● ● | ● ● ● ● ● ● ● ● ● ● ● |
| 1 mer s. Martial | 1 sam s. Pierre ès L. |
| 2 jeu *Vis. la Vierge* | 29 D s. Etienne |
| 3 ven s. Anatole | 3 lun *Inv. de s. Et.* |
| 4 sam *Tr. s. Martin* | 4 mar s. Dominique |
| 5 5 D s. Zoé, m. | 5 mer s. Yon, m. |
| 6 lun s. Tranquille | 6 jeu *Transf. N. S.* |
| 7 mar s. Aubierge | 7 ven s. Gaëtan |
| 8 mar s. Priscille | 8 sam s. Justin  vj. |
| 9 jeu s. Victoire | 9 10 D s. Spire |
| 10 ven s. Félicité | 10 lun s. Laurent |
| 11 sam *Tr. s. Benoît* | 11 mar *Susc. s. Croix* |
| 12 6 D s. Gualbert | 12 mer s. Claire |
| 13 lun s. Turiaf, év. | 13 jeu s. Hippolyte |
| 14 mar s. Bonavent. | 14 ven s. Eusèbe  cf. |
| 15 mer s. Henri | 15 sam ASSOMPTION |
| 16 jeu *N. D. M. C.* | 16 11 D s. Roch |
| 17 ven s. Marceline | 17 lun s. Mamès |
| 18 sam s. Clair, év. | 18 mar s. Hélène |
| 19 7 D s. Vinc. de P. | 19 mer s. Louis év. |
| 20 lun s. Marguerite | 20 jeu s. Bernard |
| 21 mar s. Victor | 21 ven s. Privat |
| 22 mer s. Madeleine | 22 sam s. Simpho. vj. |
| 23 jeu s. Apolinaire | 23 12 D s. Sidoine |
| 24 ven s. Christ. vj. | 24 lun s. Barthélemi |
| 25 sam s. Jacques ap. | 25 mar s. Louis, roi |
| 26 8 D *Tr. s. Marc* | 26 mer s. Zéphirin |
| 27 lun s. Pantaléon | 27 jeu s. Césaire |
| 28 mar s. Anne | 28 ven s. Augustin |
| 29 mer s. Marthe | 29 sam *Déc. de s. J. B.* |
| 30 jeu s. Abdon | 30 13 D s. Fiacre |
| 31 ven s. Germain | 31 lun s. Ovide |

○ le 5 à 1 h. 25' du s.
☾ le 12 à 11 h. 51' m.
● le 20 à 3 h. 43' s.
☽ le 26 à 7 h. 36' m.

1 sam s. Léon s. Gilles
2 mer s. Lazare
3 jeu s. Grégoire
4 ven s. Rosalie
5 sam s. Bertin
6 14 D s. Onésipe
7 lun s. Cloud
8 mar *Nat. de la V.*
9 mer s. Omer, év.
10 jeu s. Pulcher
11 ven s. Patient
12 sam s. Serdot
13 15 D s. Maurille
14 lun *Ex. s. Croix*
15 mar s. Nicodème
16 mer s. Cyprien 4 T.
17 jeu s. Lambert
18 ven s. Jean Chris.
19 sam s. Janvier v.
20 16 D s. Eustache
21 lun s. Mathias
22 mar s. Maurice
23 mer s. Thècle
24 jeu s. Andoche
25 ven s. Firmin
26 sam s. Justine
27 17 D s. Côme, s. D.
28 lun s. Céran
29 mar s. Michel
30 mer s. Jérôme



○ le 4 à 10 h. 16' s.
☾ le 12 à 4 h. 17' m.
● le 20 à 7 h. 53' m.
☽ le 27 à 3 h. 19' s.

1 jeu s. Rémi, év.
2 ven s. Angélique
3 sam s. Cyprien
4 18 D s. Fr. d'Assise
5 lun s. Aure, v.
6 mar s. Bruno
7 mar s. Serge
8 jeu s. Thaïs
9 ven s. Denis, év.
10 sam s. Géreon
11 19 D s. Nic. s. G.
12 lun s. Vilfride
13 mar s. Gérand
14 mer s. Caliste
15 jeu s. Thérèse
16 ven s. Gal, abbé
17 sam s. Ayoyé
18 20 D s. Luc, év.
19 lun s. Savinien
20 mar s. Sendou
21 mer s. Ursule
22 jeu s. Mellon
23 ven s. Hilarion
24 sam s. Magloire
25 21 D s. Crépin s. C.
26 lun s. Rustique
27 mar s. Frumen. v.
28 mer s. Sim. s. Jude
29 jeu s. Faron
30 ven s. Lucain
31 sam s. Quentin v.

| Novembre. | Décembre. |
|---|---|
| ☾ le 3 à 9 h. 21' m. | ☾ le 2 à 10 h. 56' s. |
| ☽ le 10 à 11 h. 55' s. | ☽ le 10 à 9 h. 55' du s. |
| ☾ le 18 à 11 h. 8' s. | ☾ le 18 à 0 h. 62' s. |
| ☽ le 25 à 10 h. 40' s. | ☽ le 25 à 8 h. 56' m. |
| ◆◆◆◆◆◆◆◆◆◆ | ◆◆◆◆◆◆◆◆◆◆ |
| 1 22 D TOUSSAINT | 1 mar s. Eloi |
| 2 lun *Les Morts* | 2 mer s. Marcel |
| 3 mar s. Marcel | 3 jeu s. Franç. Xav. |
| 4 mer s. Charles | 4 ven s. Barbe |
| 5 jeu s. Berthilde | 5 sam s. Sabas |
| 6 ven s. Léonard | 6 2 D s. Nicolas |
| 7 sam s. Wilbrod | 7 lun s. Fare, v. |
| 8 23 D *Reliques* | 8 mar CONCEPTION |
| 9 lun s. Matharin | 9 mer s. Léocade |
| 10 mar s. Léon | 10 jeu s. Valère |
| 11 mer s. Martin | 11 ven s. Fruscien |
| 12 jeu s. Réné, év. | 12 sam s. Damas |
| 13 ven s. Brice | 13 3 D s. Luce, v. |
| 14 sam s. Laurent | 14 lun s. Nicaise |
| 15 24 D s. Maclou | 15 mar s. Mesmin |
| 16 lun s. Eucher | 16 mer s. Adélaïd. 4T |
| 17 mar s. Agnan | 17 jeu s. Olympe |
| 18 mer s. Aude | 18 ven s. Gatien |
| 19 jeu s. Elisabeth | 19 sam s. Meuris 4j. |
| 20 ven s. Edmond | 20 4 D s. Pauline |
| 21 sam *Prés. de la V.* | 21 lun s. Thomas |
| 22 25 D s. Cécile | 22 mar s. Honoré |
| 23 lun s. Clément | 23 mer s. Victoire |
| 24 mar s. Flore, v. | 24 jeu s. Yves vj. |
| 25 mer s. Catherine | 25 ven NOEL |
| 26 jeu s. Gen. des A. | 26 sam s. Etienne, m. |
| 27 ven s. Maxime | 27 Dim s. Jean, év. |
| 28 sam s. Etienne vj. | 28 lun s. Innocents |
| 29 1 D Avent | 29 mar s. Thomas C. |
| 30 lun s. André, ap. | 30 mer s. Colombe |
|  | 31 jeu s. Sylvestre |

# PUISSANCES DE L'EUROPE.

## FRANCE.

Louis-Philippe I<sup>er</sup>, né à Paris, 6 octobre 1773,
Roi des Français 9 août 1830, marié 25 novembre 1809, à

Marie-Amélie, née 26 avril 1782, fille de
Ferdinand I<sup>er</sup>, roi des Deux-Siciles.

'Enfants de leurs majestés :

Hélène-Louise-Élisabeth, princesse de Mec-
klenbourg-Schwerin, née à Ludwigslust
24 janvier 1814; mariée 30 mai 1837,
veuve 13 juillet 1842, de *Ferdinand-Phi-
lippe-Louis-Charles-Henri d'Orléans*, duc
d'Orléans, prince royal. De ce mariage :

Louis-Philippe-Albert d'Orléans, comte de
Paris, prince royal, né à Paris le 21 août
1838;

Robert Philippe-Louis-Eugène-Ferdinand d'Orléans, duc de Chartres, né à Paris 9 novembre 1840.

Louis-Charles-Philippe-Raphael d'Orléans, duc de Nemours, né à Paris 25 octobre 1814; marié 27 avril 1840, à Victoire-Antoinette-Auguste, princesse de Saxe-Cobourg-Gotha, née à Vienne 16 février 1822. De ce mariage :

Louis-Philippe-Marie-Ferdinand-Gaston d'Orléans, comte d'Eu, né à Neuilly 19 avril 1842.

Ferdinand-Philippe-Marie-d'Orléans, duc d'Alençon, né à Neuilly 12 juillet 1844.

François-Ferdinand-Philippe-Louis-Marie d'Orléans, prince de Joinville, né à Neuilly 14 août 1818, marié 1er mai 1843, à Françoise-Caroline-Jeanne-Charlotte-Léopoldine-Romaine-Xavière-de-Paule-Michelle-Gabrielle-Raphaelle-Gonzague, princesse du Brésil, née à Rio-de-Janeiro 2 août 1824. De ce mariage :

Françoise-Marie-Amélie, princesse d'Orléans, née à Neuilly, 14 août 1844.

PIERRE-PHILIPPE-JEAN-MARIE D'ORLÉANS, duc de Penthièvre, né à St-Cloud, le 4 novembre 1845.

HENRI-EUGÈNE-PHILIPPE-LOUIS D'ORLÉANS, duc d'Aumale, né à Paris, 16 janvier 1822, marié à Naples, 25 novembre 1844, à MARIE-CAROLINE-AUGUSTE des Deux-Siciles, née le 26 avril 1822. De ce mariage :

Le prince de CONDÉ, né à St-Cloud, le 16 Novembre 1845.

ANTOINE-MARIE-PHILIPPE-LOUIS D'ORLÉANS, duc de Montpensier, né à Neuilly 31 juillet 1824.

LOUISE-MARIE-THÉRÈSE-CHARLOTTE-ISABELLE, princesse d'Orléans, née à Palerme, 3 avril 1812, reine des Belges.

MARIE-CLÉMENTINE-CAROLINE-LÉOPOLDINE-CLOTILDE, princesse d'Orléans, née à Neuilly le 3 juin 1817, duchesse de Saxe-Cobourg-Gotha.

EUGÈNIE-ADÉLAIDE-LOUISE, princesse d'Orléans, sœur du Roi, née le 23 août 1777.

*Espagne.* ISABELLE II (*Marie-Louise*), née le 10 octobre 1830, proclamée reine 29 septembre 1833.

*Deux-Siciles.* FERDINAND II (*Charles*), né le 12 janvier 1810, succède à son père 8 novembre 1830.

*Lucques.* CHARLES-LOUIS, né le 22 décembre 1797, succède à sa mère 13 mars 1824.

*Etats-Romains.* GRÉGOIRE XVI (*Maur-Capellari*), né à Bellune, 18 septembre 1765, élu pape 2 février 1831.

*Autriche.* FERDINAND Iᵉʳ (*Charles-Léopold-Joseph-François-Marcellin*), né le 19 avril 1793; empereur d'Autriche 2 mars 1835.

*Bavière.* LOUIS (*Charles-Auguste*), né 25 août 1786, roi 13 octobre 1825.

*Belgique.* LÉOPOLD, né 16 décembre 1790, proclamé roi des Belges 21 juillet 1831, marié 9 août 1832, à LOUISE-MARIE-THÉRÈSE-CHARLOTTE-ISABELLE D'ORLÉANS, née à Palerme, 3 avril 1812.

*Brésil.* PEDRO II, né 2 décembre 1825, empereur 7 avril 1831, par l'abdication de son père.

*Danemark.* CHRISTIAN VIII, né 18 sep. 1786, roi 3 décembre 1839.

*Grande-Bretagne et Irlande.* VICTORIA 1re (*Alexandrine*), née 24 mai 1819, fille de feu Édouard-Auguste, duc de Kent et Strathern, frère des rois Georges IV et Guillaume IV, succède à ce dernier 20 juin 1837; mariée 10 février 1840, à

ALBERT-FRANÇOIS-AUGUSTE-CHARLES-EMMANUEL, né 26 août 1819, fils de feu Ernest, duc de Saxe-Cobourg-Gotha.

*Grèce.* OTHON 1er, né 1er juin 1815, élu roi 7 mai 1832.

*Hanovre.* ERNEST-AUGUSTE, né 5 juin 1771, duc de Cumberland, roi de Hanovre 5 juin 1837.

*Pays-Bas.* GUILLAUME II, né 6 décembre 1792, roi 7 octobre 1840.

*Pologne.* NICOLAS, empereur de toutes les Russies, roi de Pologne, 1er décembre 1825. V. *Russie.*

*Portugal.* MARIA II DA GLORIA, née le 4 avril 1819, fille de feu Pierre 1er, empereur du Brésil, reine de Portugal et des Algarves,

2.

2 mai 1828, veuve 28 mars 1835, d'*Auguste-Charles-Eugène-Napoléon*, duc de Leuchtemberg, remariée 1er janvier 1836, à *Ferdinand-Auguste-François-Antoine*, né 29 octobre 1816, fils de *Ferdinand-Georges-Auguste*, prince de Saxe-Cobourg-Gotha.

*Prusse.* FRÉDÉRIC GUILLAUME IV, né 15 octobre 1795, roi 7 juin 1840.

*Russie.* NICOLAI-PAWLOVITSCH, né 7 juillet 1798, empereur de toutes les Russies, 1er décembre 1825.

*Sardaigne.* CHARLES-ALBERT, né 2 octobre 1798, roi 27 avril 1831.

*Saxe.* FRÉDÉRIC-AUGUSTE, né 18 mai 1797, corégent de son oncle 13 septembre 1830, lui succède et devient roi de Saxe 6 juin 1836.

*Suède et Norwége.* OSCAR 1er (*Joseph-François*), né 4 juillet 1799, roi 8 mars 1844.

*Turquie.* Sultan ABDUL-MEDJID KHAN, né 19 avril 1823, succède à son père MAHMOUD II, le 1er juillet 1830.

*Wurtemberg.* GUILLAUME, né le 27 septembre 1781, roi le 30 octobre 1816.

— 19 —

*Toscane.* LÉOPOLD II, né 5 octobre 1777, archiduc d'Autriche, grand-duc 18 juin 1824.

*Modène.* FRANÇOIS IV, né 6 octobre 1779, archiduc d'Autriche, succède à son père 9 juin 1815.

*Parme.* MARIE-LOUISE, née 12 décembre 1791, archiduchesse d'Autriche, duchesse de Parme, Plaisance et Guastalla.

*Monaco.* FLORESTAN (*Grimaldi*), né 10 octobre 1785, prince de Monaco 3 octobre 1841.

*Bade.* LÉOPOLD (*Charles-Frédéric*), né 29 août 1790, grand-duc, succède à son frère le grand-duc Louis 30 mars 1830.

*Hesse-Électorale.* GUILLAUME II, né 18 juillet 1777, électeur 27 février 1821.

*Hesse (Grand-Ducale).* LOUIS II, né 26 décembre 1777, succède à son père 6 avril 1830.

*Suisse.* M. MOUSSON, bourgmestre du canton de Zurich, président du Directoire fédéral et de la Diète.

*Bolivia.* M. le général BALLIVIAN, président.

*Chili.* M. le général BULNÈS, président.

*Confédération argentine.* M. le général ROSAS, gouverneur de la province de Buénos-

Ayres, chargé des relations extérieures de
la Confédération...

*États-Unis d'Amérique.* M. JAMES KNOX
POLK, président 4 mars 1845.

*Haïti.* M. le général PIERROT, président.

# LA MORT

## DE LA

# VIEILLE ANNÉE.

*( 31 décembre, à minuit ).*

« On enfonce jusqu'aux genoux dans la
« neige d'hiver ; les vents s'épuisent en longs
« soupirs. — Tristement, lentement, balancez
« la cloche de l'église ; marchez sans bruit, et
« parlez bas....

« La pauvre année est là, qui se meurt !

« Vieille année, vieille année.... ah ! ne
« mourez ! vous êtes venue bien vite, et nous
« avons vécu comme frères. Ne vous en allez
« pas !

« La voilà au dernier souffle ; elle s'éteint.
« Non, elle ne verra pas l'aube matinale.....
« Pour elle, pas de vie nouvelle dans les cieux...
« C'était une amie que l'année nouvelle va

« m'ôter. — Pourquoi partir ? nous avons vécu
« si longtemps ensemble, ensemble, nous avons
« eu plus d'un plaisir ! Ne partez pas, vieille
« année !

« C'était une année joyeuse, une année amie.
« Elle faisait disparaître de belles rasades écu-
« mantes. Le temps ne ramènera pas son égale.
« Aujourd'hui, chacun en prend son parti.....
« Mais pour moi, voyez-vous, c'est encore une
« année amie.

« Non, vieille année, vous ne mourrez pas.
« Ensemble, nous avons ri, ensemble, nous
« avons pleuré ! J'aurais presque envie de mou-
« rir avec vous, vieille année, s'il faut que vous
« partiez !

« Qu'elle était brillante de saillies et de plai-
« sirs ! Mais adieu, adieu, toutes ces folies ! Pour
« la voir mourir, voici sa fille qui galoppe à
« travers l'espace ; fille, son héritière ! hélas ! la
« vieille année sera morte avant votre arrivée !

« Les étoiles brillent au ciel, et la gelée est
« piquante. Amis, saluez la nouvelle année,
« toute jeune et toute vivante, qui vient jouir
« de son droit, et monter sur son trône.

« Le coq a chanté sur la neige. La vieille
« année respire à peine ; les ombres voltigent
« çà et là ; le grillon chante dans sa crevasse ;
« la lampe affaiblit sa lueur.... Une heure va
« sonner : Donne-moi la main avant de mou-
« rir, vieille année ! Ah ! combien je te regret-
« terai ! Que puis-je faire encore pour toi ? dis-
« moi, parle avant de mourir !

« Ses traits s'amaigrissent et son menton
« s'effile. Hélas ! elle vient de passer, notre
« amie ! Fermez-lui les yeux, *nouez-lui le men-*
« *ton*, la voilà devenue cadavre ! — Laissez
« entrer celle qui attend à la porte.

« Mes amis, voici un nouveau visage ; voilà
« des pas nouveaux qui retentissent, qui frap-
« pent le sol ! — Nouvelle année, bonjour. »

La nouvelle arrivée après le décès de sa
mère, prit immédiatement possession de la place
vacante, et le lendemain chacun s'empressant
de lui faire sa cour :

On se cherche, on s'évite, on s'attrape au passage ;
On s'embrasse, on sourit, on se fait des serments ;

Chacun en bon acteur remplit son personnage ;
On se flatte, on se loue, on prodigue l'encens ;
On applaudit les sots, on se moque du sage ;
On se fâche, on pardonne, on rit des innocens ;
Ce jour, pour mieux tromper, chacun a son langage,
Ce sont de vrais amis, ce sont de bons parents
Que l'on ne voit jamais qu'une fois tous les ans.
A bien considérer un pareil assemblage,
Ah ! vraiment, cher lecteur, vous eussiez ri, je gage !

Et moi qui de la rue
Grossissait la cohue,

Place du Châtelet
Je m'arrête tout net ;
Un braillard y vendait,
A la foule assemblée,
De sa défunte année,
Le testament bien fait.
Je l'achetai deux sous,
Mais j'ai l'âme si bonne,
Que gratis je le donne
Tout entier ci-dessous.

## TESTAMENT ET DERNIÈRES VOLONTÉS

## DE L'ANNÉE 1845.

Après avoir profondément gémi sur mes écarts, après en avoir publiquement demandé pardon, je déclare jouissant encore de toute ma raison, que mes dernières volontés sont telles que je vais les relater dans le présent écrit. Je recommande ma fille à naître, l'année 1846, au père Saturne, qui l'adoptera en reconnaissance de mes loyaux services.

Je lègue à l'oubli le plus grand nombre des

brochures, tant en vers qu'en prose, sorties de la plume des poétereaux, des romanciers, des feuilletonistes, pamphlétaires et autres ouvrages imprimés pendant mon règne. J'abandonne aux tourbillons des vents impétueux, toutes les modes qui ont servi depuis ma naissance, à dérober aux regards des hommes de goût, ces formes gracieuses d'un sexe fait pour plaire ; j'appelle le pouvoir des furies contre l'usage des cabriolets, assassins des malheureux piétons, et je voue aux divinités infernales tous ceux qui ont usurpé les suffrages de leurs égaux, par des dehors hypocrites.

Celui qui sera chargé d'exécuter mon testament, prendra sur l'usufruit des biens qui formeront le patrimoine de ma fille, les sommes nécessaires pour établir un cours de gaîté dans chacune des principales villes de ce bas-monde, afin de ramener, s'il est possible, autour du foyer domestique, le bonheur dont les habitans de la terre jouissaient au bon vieux temps.

Je charge mon héritière du soin de remettre en honneur les repas de ma famille, surtout en France, ce pays modèle ; elle n'oubliera ni la

Saint-Martin, ni le réveillon, ni la fête des rois, et surtout l'antique et célèbre Mardi-Gras, que plusieurs peuples célèbrent toujours avec un laisser-aller, un abandon dignes de l'âge d'or.

Ce serait honorer ma mémoire, que de mettre tout en œuvre pour rappeler aux hommes, cette antique probité que leurs aïeux regardaient comme la vie de l'âme et comme l'élément du cœur. Je nomme pour mon exécuteur testamentaire, non pas un de ces hommes chargés de tout éclaircir, et qui, le plus souvent, embrouillent ou gâtent ce qu'ils touchent ; mais je nomme le public, partie judicieuse la plus intéressée à l'exécution de ce qui précède.

*Signé* l'année 1845.

## CODICILE.

L'heure de mon décès devant arriver le 31 décembre prochain à minuit précis ; détails qui m'ont été fournis par un savant astrologue ;

j'ordonne qu'à cette occasion, une cérémonie ait lieu à minuit cinq minutes, dans la grande salle du Palais-de-Justice, dite des Pas-Perdus, dans laquelle on aura eu soin d'allumer à l'avance, 365 bougies. Ma fille y sera conduite par toutes les femmes vertueuses qu'il sera possible de rencontrer dans la capitale (Dieu veuille que cette salle soit trop petite pour les contenir toutes). Là, mon oraison funèbre ayant été prononcée, mon imprimeur, en reconnaissance des sommes incalculables que je lui ai fait gagner, par la vente des almanachs dont je suis toujours l'âme et très souvent le corps (de débit), distribuera à chacune des personnes présentes, un exemplaire de mon épitaphe ainsi conçue :

## ÉPITAPHE DE 1845.

Malgré les jours qui formèrent ma trame,
Je fus un tout qu'on ne peut définir ;
Sans sexe, sans corps et sans âme,
L'on me vit naître, et l'on me vit mourir.

En bonne mère j'avais douze enfants,
Ces douze en firent plus de trois cents,
Et ces trois cents là, plus de mille ;
Ceux-ci bien blancs, ceux-là tout noirs,
Et par de mutuels devoirs,
Un repos éternel durait dans la famille.
En vain on chercherait ma cendre,
N'ayant rien emprunté de la terre et de l'eau,
En expirant je n'ai rien à leur rendre
Et le néant est mon tombeau.

## LES TROIS SORTES DE GOURMANDS.

Que vous proposez-vous de demander aux états-généraux ? disait M. de Coigny à un bon agriculteur, député de son Bailliage. — La suppression des pigeons, des lapins et des moines. — Voilà un rapprochement bien bizarre. Il est fort simple ; les premiers, nous mangent en grain ; les seconds, en herbe ; et les troisièmes, en gerbe.

3.

# GEORGES LE CONTREBANDIER.

## (Nouvelle).

## I.

## LA CABANE.

« Georges, pourquoi cet air sombre et pensif ? Pourquoi tous les soirs ce départ précipité. Depuis quelque temps tu n'es plus le même. Ma voix, la voix de ta mère, n'a plus d'empire sur ton cœur ! Tu ne m'aimes plus comme autrefois. Oh ! je suis bien malheureuse !... mon Dieu ! »

Georges tressaillit.

« O ma mère, je vous aime toujours ! mais...

— Mais... Georges, tu me caches quelque chose.... Mon bou fils, n'as-tu plus confiance en ta mère ! tu ne réponds point... tu désires t'éloigner de moi ! Partir ce soir, ô mon Dieu ! mais entends donc le vent : vois comme le ciel est couvert : nous allons avoir du gros temps !... et partir ! Oh ! rappelle-toi qu'il y a un an, par une nuit horrible comme celle-là, on rapporta ici ton père mourant.... La tempête l'avait jeté contre les rochers, lui et sa barque .. Tu ne peux faire ce soir une bonne pêche, reste avec moi, car si tu périssais, que devenir ? Oh ! oui, je t'en prie, reste avec moi.... »

Georges essuya une larme.

« Je ne puis, ma mère... J'ai promis... Depuis longtemps j'ai rêvé fortune. L'état de pêcheur ne rapporte point assez... Je veux m'enrichir ! Point de questions, ma mère ! adieu ! »

Il sauta sur sa carabine, prit une torche, et s'élança hors de la cabane.

Il courait avait vitesse.

Bientôt le bruit de ses pas devint de plus en plus faible, puis se perdit tout-à-fait dans la vallée.

Sa mère parut sur la porte ; elle regarda, et, à la lueur d'un éclair, elle vit Georges s'acheminer, en sifflant, vers le château de Dunstanburg.

Une idée lui vint à l'esprit : celle de le suivre.

Elle s'élança dans le sentier.

## II.

# LA BAIE DE DUNSTANBURG.

Il était dix heures du soir.

Le vent venait par rafales s'engouffrer sous les voûtes depuis longtemps silencieuses du château, les éclairs dessinaient en traits de feu la face imposante des tourelles en ruines, puis tout retombait dans l'obscurité d'une nuit profonde, et les vastes restes de l'antique forteresse n'apparaissaient plus que comme un point noir qui se découpait sur un horizon plus sombre encore. Le Rumble-Churn, gouffre terrible pendant la tempête, faisait entendre sa grande voix, qui, répétée au loin par les rochers, se confondait aux éclats de la foudre ; la pluie tombait par torrents, lorsqu'un lougre qui avant tenu l'ancre tout le reste de la journée, vint aborder en louvoyant dans une petite anse

située au sud. Au même instant, un feu
bleuâtre s'éleva du bord du lougre, et une
flamme vive y répondit de l'ancienne tour
du sud-est. Bientôt la côte fut sillonnée par des
torches qui remuaient, se croisaient, s'entre-
croisaient, et descendaient du côté de la mer.

Une voix forte héla le vaisseau.

La chaloupe fut mise à la mer, et vint à
terre.

« Eh bien ! dit un homme d'une cinquan-
taine d'années, au regard dur et sévère, est-ce
prêt là-bas ?

— Oui, fit la voix d'un jeune homme de
vingt ans.

— Eh bien ! à l'ouvrage. »

La barque alla et revint plusieurs fois. A
chaque voyage, des hommes déposaient avec
précaution des marchandises à terre.

Bientôt la barque ne revint plus.

## III.

# LES RUINES DU CHATEAU.

Les mêmes hommes, qui avaient déposé des objets sur le rivage, les portaient avec soin vers le château.

Ils montaient silencieusement le défilé, lorsqu'ils virent sur une hauteur, à la lueur douteuse des torches, un être vivant sur les bords d'un ravin.

« Nous sommes perdus, dit une voix.

— C'est un douanier, dit un autre.

— Amis, préparons-nous au combat, » dit un troisième.

Un quatrième, silencieux, armait sa carabine.

Le coup partit, et un bruit sinistre que fit la chûte d'un corps lourd au fond de l'abîme, le suivit de près.

« Bon voyage, monsieur le douanier, » dit le tireur.

Ils arrivèrent enfin dans la tourelle isolée, et là ils déposèrent leur fardeau, dans un caveau souterrain, puis ils s'en allèrent.


## IV.


### RETOUR.


Il était minuit.

Un jeune homme vint frapper à la porte de la cabane, personne ne répondit.

Il frappa deux coups, trois coups... Point de réponse.

« Ma mère, ma mère! « c'est moi... c'est Georges. »

Les échos des rochers seuls répétèrent ses paroles.

« Elle dort. » Et il redescendit à pas précités la vallée.

Arrivé sur le rivage, il héla la barque du vaisseau. La barque vint et retourna avec un nouveau passager.

Le lendemain matin, la chaloupe remit à bord le mystérieux passager. Celui-ci montait la cavée, mais un souvenir lui revint à l'esprit : il regarda machinalement au fond d'un ravin, il y vit une femme morte et baignée dans son sang. Cette femme, c'était sa mère !!!

H.....

# PORTRAIT DE L'ANGLETERRE.

Quelqu'un disait de l'Angleterre : « Pays de la philantropie, dont certains habitans bouleverseraient volontiers le monde pour vendre une aune de perkale : contrée où il n'y a de poli que le marbre, et de fruits mûrs que les pommes cuites. »

# LE BOUCHER DE SMYRNE.

## ÉPISODE DE LA JUSTICE TURQUE.

Un marchand boucher de Smyrne, avait un fils, qui, après avoir profité du peu d'éducation que permet le pays, était parvenu au poste de *Naib*, c'est-à-dire, de lieutenant du *Cadi*, et dont le principal devoir était de veiller sur les poids et mesures, dont les marchands usent dans le commerce.

4

Un jour, que cet officier faisait sa ronde ordinaire, certains voisins du vieux boucher, qui connaissaient depuis longtemps son peu de bonne foi dans le négoce, l'avertirent de se précautionner contre cette visite, et de songer à bien cacher, ou à changer ses poids et mesures.

Mais le vieux pêcheur, comptant que le *Naïb*, étant son fils, n'oserait l'exposer à l'ignominie d'un affront public, loin de profiter de l'avis, se contenta d'en rire, et attendit tranquillement cet officier à la porte de son étal.

Le *Naïb*, qui connaissait depuis longtemps, ce que savait faire son père, et qui l'avait en vain plus d'une fois averti de changer de conduite, avait enfin pris le parti d'en faire un exemple.

— Bonhomme, lui dit-il gravement, apportez-nous vos balances et vos poids, il faut qu'ils soient publiquement examinés.

Le vieux boucher, en riant de nouveau, pria son fils de passer outre, et de venir, à son retour, dîner chez lui.

— Non, lui dit fièrement l'officier ; voyons

d'abord, si vous êtes en règle.....Soldats, que l'on m'apporte ici, dans l'instant, ses poids et ses balances.

Le père, après avoir vu briser tous ses effets, reconnus frauduleux, croyait en être quitte, et paraissait déjà s'en consoler; lorsque le *Naïb* le condamna non-seulement à 5o *piastres* d'amende, mais à recevoir autant de coups de bâton sur la plante des pieds. Ce qui, malgré les cris et les pleurs du vieillard, fut à l'instant exécuté.

Le fils, alors, descendant de cheval, et se précipitant aux pieds du boucher: mon père, lui dit-il en pleurant, j'ai rempli mon devoir envers mon Dieu, envers mon souverain, mon pays et l'emploi que j'occupe. Permettez-moi, maintenant, que je rende, en gémissant, ce que je dois à la nature !.., La justice, continua-t-il, est aveugle ; c'est la main de Dieu sur la terre : elle méconnaît les parens. Vous l'aviez offensée, cette justice; un autre vous en eût puni. Je suis fâché que ce soit moi; mais mon devoir était ma loi suprême. Soyez plus juste à l'avenir ; et loin de le blâmer, plaignez un fils que vous avez forcé d'être si cruel envers vous.

Le sultan, informé de cette aventure, éleva cet officier au poste de *Cadi*; d'où, par degrés, il parvint à la dignité de *Visir*, que personne, dit-on, n'a jamais mieux rempli que lui.

## LE NOUVEAU PROCÉDÉ CHIMIQUE.

### (ANECDOTE).

On sait qu'un pharmacien ayant eu querelle avec un spadassin, lui proposa un jour de vider leur différent à l'aide de deux pillules dont l'une serait empoisonnée. Voici une autre proposition de duel non moins extraordinaire : Un militaire caserné du côté du jardin des plantes, à Paris, eut une dispute, il y a quelques jours, avec un jeune homme employé comme chef d'atelier chez un fabricant de produits chimiques. Un combat singulier fut proposé, le jour et l'heure furent fixés. Le militaire laissa le choix des armes à son adversaire. Le lendemain, ces messieurs étaient en présence à sept heures du matin, à la barrière Fontainebleau. Le premier avait apporté avec lui une fourbisserie entière : bancal, briquet, contre-pointe, fleurets démouchetés, pistolets, rien n'y manquait. Le second n'avait apporté avec lui qu'une boîte assez volumineuse.

Quand il fallut discuter de quelles armes on se servirait, le militaire invita poliment son antagoniste à choisir dans son trophée ; mais le *jeune bourgeois* ouvrant tranquillement la boîte qu'il avait apportée, lui dit avec le plus grand sang froid du monde : « Monsieur, vous êtes caporal dans un régiment de ligne, et je suis tout simplement artiste en produits chimiques ; vous êtes militaire, et je suis *civil*. Vous êtes maître de pointe et de contre-pointe, et vous mettez, dit-on, une balle dans un as de pique, à 25 pas ; moi, je ne me suis jamais mis en garde, et

de ma vie je n'ai brûlé une amorce ; mais j'ai
trouvé un moyen de lever la difficulté. Voici
deux instrumens du métier : l'un est rempli
d'eau pure, et l'autre contient de l'acide nitri‑
que, où si vous aimez mieux, de l'eau forte
première qualité. Le hasard décidera qui choi‑
sira, et ensuite vous devinez l'usage que nous
ferons simultanément de ces deux armes, dont
l'une sera un instrument de mort. Le militaire
effrayé, non sans raison, par une proposition
pareille, fit des concessions, et le petit bour‑
geois, qui ne voulait pas probablement la mort
du pêcheur, accéda à un arrangement qui fut
scellé par un déjeûner copieux chez un restau‑
rateur des environs.

## BON MOT D'UN DOUANIER.

« En 1806, au retour de cette courte et si brillante campagne de Prusse, qui fut marquée par la victorieuse bataille d'Iéna, l'empereur, arrivant à la frontière de France, s'enquit assez vivement pendant qu'on changeait de chevaux, si la ligne des douanes avait été levée, car on ne visitait pas ses voitures ; un lieutenant d'ordre se présenta et donna l'assurance que la frontière ne cessait d'être gardée avec soin ; alors Napoléon témoigna son mécontentement de ce que ses équipages n'étaient pas l'objet de la formalité prescrite par les lois. Le préposé, homme de sens et d'esprit, justifia l'omission de la visite, en faisant observer à S. M. que *les lauriers ne supportaient pas de droits à l'importation !*

# MORT

## DU MARÉCHAL-DES-LOGIS MERLET.

Voici d'intéressants détails sur la mort tragique d'un jeune maréchal-des-logis du 1ᵉʳ régiment des chasseurs d'Afrique. Dans une de ces expéditions aventureuses qui sont la vie de nos soldats d'Afrique, le jeune Merlet s'aperçut qu'il était abandonné, avec quelques-uns de ses camarades, au milieu d'une réunion d'Arabes. Il mesure le danger et décide ses camarades à tenter un parti désespéré. Ils étaient sept, ils se groupent et se précipitent tête baissée au milieu de cette masse. Leur élan pour rompre la ligne qui les environnait, fut si bien conçu et si bien calculé, qu'ils se frayèrent un passage en passant sur le corps de seize Arabes qu'ils avaient renversés, et se dirigèrent vers Milianah, dont les abords, très-difficiles, sont gardés par un grand nombre de Kabyles, guettant constamment la plus petite occasion de décimer nos soldats. Les Arabes, les voyant prendre cette direction, se mirent à leur poursuite, et parvinrent, au passage du Chéliff, à les séparer en deux parties, l'une de trois, l'autre de quatre. Les trois se trouvèrent pris entre deux feux; ils se défendirent vaillamment, mais les assaillants étaient trop nombreux pour qu'ils pussent échapper : ils tombèrent en héros, les armes à la main.

Les quatre cavaliers qui restaient encore, après avoir vainement cherché à se rallier à leurs camarades, se dirigèrent de nouveau du côté de Milianah. Le jeune Merlet était à leur tête. Ils allaient atteindre leur but, lorsque les cavaliers arabes, qui étaient à leur poursuite, voyant leur proie prête à leur échapper, poussèrent d'horribles houras et appelèrent à leur aide les Kabyles de la montagne. Ceux-ci répondirent à cet appel et vinrent se placer entre Milianah et les quatre malheureux chasseurs, qui se trouvèrent ainsi, à leur tour, pris entre deux feux dans un défilé très dangereux. Les Arabes les voyant dans cette position critique, leur firent des signes pour leur faire comprendre qu'il valait mieux se rendre que de s'exposer à une mort inévitable. Ils se défendirent toujours. Un kaïd, qui commandait les cavaliers arabes, ayant essayé de désarmer le jeune Merlet, reçut de sa main un coup de sabre qui le tua. Alors les Arabes furieux, et voulant venger la mort de leur chef, se précipitèrent sur les deux chasseurs qui restaient encore debout : vingt canons de fusil étaient appuyés sur leurs poitrines, et ils tombèrent l'un et l'autre en faisant payer chèrement leur vie.

## DIEU VOUS BÉNISSE.

La coutume de saluer ceux qui éternuent nous vient du pape St.-Grégoire, à cause d'une maladie épidémique dont on mourait en éternuant. Ce pontife recommanda à son peuple de dire au malade pendant la convulsion : *Dieu vous bénisse.*

Quelle femme voudra partager sa couche! Quel
enfant l'étreindra de ses douces caresses..
Victor FOUCHER.

# T.-F.

## ou

# LA JUSTICE DES HOMMES.

Amélie de Beaufort avait seize ans. Elle
était encore en pension ; son père vint un
jour et lui dit : Amélie, réjouis-toi, je te
marie. — Amélie sauta de joie.

— C'est à Paris, mon père.

— A Paris?

— Aurai-je un équipage, une loge à l'O-péra.

— Tu les auras.

Amélie se jeta au cou de son père, puis elle lui demanda avec assez d'indifférence le nom de son futur mari, car c'est la dernière chose dont s'occupe à Paris une jeune demoiselle de bon ton.

—Son nom? reprit monsieur de Beaufort, le comte d'Orsini, un Corse de distinction; son âge, quarante ans? homme superbe, en possession d'une fortune considérable et sans héritiers connus; cela te convient-il?

— Je suivrai vos volontés, mon père; mais est-ce un homme bien élevé au moins. Ces Corses.....

— Il m'a chargé de t'offrir la corbeille de noce avant de se présenter lui-même; ce sont là des procédés.

La jeune fille sourit en signe d'approbation, et s'empressa d'aller faire l'inventaire des cadeaux qui lui étaient envoyés. La richesse des parures, le bon goût qui avait présidé à leur choix, parlèrent avantageusement en faveur du comte d'Orsini. Quinze jours après, Amélie de Beaufort avait changé de nom.

Voilà comme se font les mariages du grand monde à Paris.

Le comte était un homme aimable et galant. Il séduisait d'abord Amélie par son esprit, ses manières polies, sa complaisance surtout à se plier à tous ses caprices; cependant il ne put obtenir d'elle que de l'estime et de l'amitié; il y avait quelque chose en lui qui repoussait l'amour. Une contrainte éternelle gênait tout ses mouvements. Au milieu des épanchements les plus doux, tous ses nerfs s'agitaient comme atteints d'une subite douleur, son regard terrifiait par sa fixité. Il semblait qu'il s'attachât sur vous pour scruter vos pensées, dans la crainte d'en voir sortir quelques révélations.

Plein d'égard envers tout le monde, il ne pouvait captiver la confiance de personne.

Un usage singulier du comte contribua aussi peut-être à étouffer, dans le cœur d'Amélie, le germe d'un sentiment tendre, en la rem-

plissant d'un effroi superstitieux. Presque jamais il ne se laissait surprendre par le grand
jour dans le lit conjugal, à la première lueur
qui pénétrait dans son appartement, il se le-
vait, l'air soucieux; il se hâtait de fuir la
couche où, quelques instants auparavant, il
pressait sa jeune femme sur son sein. Lorsque
la comtesse l'avait interrogé sur le motif de
cette étrange habitude, il avait répondu :
*c'est un vœu;* mais sa physionomie était devenue si sombre, que la question n'avait pas
été faite une seconde fois.

Mille idées bizarres s'étaient présentées à
l'esprit de la comtesse, et bien souvent, pendant les embrassements de son époux, une
hideuse fantasmagorie venait glacer son sang.
— Pourquoi le collet de sa chemise serré autour de son cou avec un soin extrême ? Pourquoi cet empressement à réparer le désordre
de la nuit qui pouvait l'aider à découvrir ses
épaules et ses bras ? — Elle se perdait en mille
conjectures. — Disposée à l'horreur par la
lecture des romans nouveaux, il y avait des
moments où elle couvrait le corps de son mari

d'ulcères et de maux affreux ; d'autres fois, impressionnée par les légendes sataniques du moyen-âge que la scène elle-même a ressuscitées, elle allait jusqu'à s'imaginer que le vœu qu'il avait fait ne pouvait provenir que d'un pacte avec les esprits infernaux, que lui-même... une nuit elle avait poussé un cri épouvantable en croyant lui sentir des griffes au lieu de doigts.

Mais le jour elle oubliait tout, le comte était si beau, si bon ; heureuse d'être riche, admirée, elle dépensait ses heures et son argent en folles acquisitions, en bruyantes parties de plaisirs : sa vie était le mouvement perpétuel. Des indices certains de maternité répandaient encore un charme de plus sur son existence brillante et variée ; elle s'habituait presque à la singularité de sa position, et voyant son mari afficher des pratiques de dévotion, elle ne doutait plus de sa sincérité. *C'est un vœu,* se disait-elle, quelque superstition de son pays.... Cependant elle aurait bien voulu en pénétrer le motif. — Ce ne fut que trop tôt ?....

Elle commençait le septième mois de sa gros-

5.

sesse, lorsque vers le milieu d'un jour d'été, elle surprit le comte endormi sur un canapé ; son habit était jeté sur une chaise voisine, son collet de chemise entr'ouvert laissait son cou à nu, et retombait sur son épaule ; toutes les visions qui assaillaient la comtesse pendant la nuit repassèrent dans son cerveau. Tremblante, comme si elle allait commettre un crime, elle s'approcha, et le sein oppressé, le regard furtif, souleva avec précaution la toile qui dérobait à ses yeux un effrayant mystère.

Pauvre femme ! quel cri ! elle est tombée évanouie aux pieds du comte qui se réveille et s'empresse de lui donner des secours. Peu à peu elle reprend l'usage de ses sens et r'ouvre les yeux, mais elle les referme aussitôt avec horreur en se voyant dans les bras de son mari. Le comte ne s'aperçoit pas de ce mouvement, et sachant sa femme sujette à des étourdissements depuis sa grossesse, il s'expliqua naturellement l'accident qui venait d'arriver.

A partir de ce jour les deux époux couchèrent séparément ; ce ne fut pas sans difficulté de la part du comte, il s'étonna d'abord de ce qui lui semblait un caprice; mais la santé de sa femme déclinant de jour en jour, il s'applaudit de la sagesse de sa résolution.

Madame d'Orsini était en proie à un état de marasme et de mélancolie qui devint bientôt inquiétant, et pour lequel beaucoup de médecins célèbres furent consultés; tous s'accordèrent à dire que sa langueur, étrangère à sa grossesse, venait d'une cause morale, d'une peine cachée; mais aucun d'eux ne put lui arracher son secret.

Elle approchait de l'époque de ses couches. On craignait qu'elle ne put supporter les douleurs de l'enfantement. Toute sa famille était plongée dans la désolation.

Le comte était abattu; car il aimait beaucoup Amélie.

Il s'était attaché à elle, comme à un ange sauveur. Se mariant en quelque sorte pour échapper à lui-même, il avait espéré trouver dans les baisers de sa jeune femme l'oubli de sa vie passée: il avait cru que l'innocence, ainsi qu'un miel divin, découlerait sur ses lèvres flétries des lèvres pures de sa compagne, et que ses tendres caresses écarteraient de son sein le poids du remords... Son illusion s'était presque réalisée.

Enfin, l'instant de l'accouchement se fit pressentir. Alors la comtesse exigea que son mari sortît de sa chambre ; cette bizarrerie qu'il attribua à la crainte que ses cris ne l'affligeassent redoubla encore l'affection qu'il lui portait. Inquiet et troublé, il erra toute la nuit autour de son appartement. Un dernier cri, plus aigu que les autres, lui parut annoncer qu'il était père, et il s'élança pour serrer son enfant dans ses bras.

Quel spectacle ? juste ciel !

Son enfant expirait, étouffé par une étreinte convulsive de sa mère qui, rendant elle-même le dernier soupir, s'écriait d'une voix déchirante, les yeux fixés sur l'épaule du nouveauné..., *Les lettres*!... *il les a*.....

*Le comte d'Orsini*, ou plutôt, car on a mis en doute l'authenticité du titre et du nom, l'époux d'Amélie, en voyant empreinte sur l'épaule de son fils ces deux lettres terribles,

T. F., se rappela l'évanouissement qui avait précédé la maladie de sa femme, et comprit tout. On dit qu'il porta machinalement la main à son épaule, en tressaillant comme si l'impression d'un fer chaud s'y faisait sentir.

Les assistants étaient pétrifiés d'horreur.

Le lendemain le comte avait disparu. On ne l'a jamais revu depuis.

Législateurs, qui l'aviez marqué d'un ineffaçable stigmate, vous qui faites survivre l'infamie à la peine, honneur à vous! Rendu à la société, revenu à des sentiments vertueux, cet homme, si votre main ne l'avait flétri, aurait pu goûter encore et donner le bonheur, jouir du repos de la famille et des douceurs de l'amitié: mais vous aviez interposé entre le monde et lui le sceau de la réprobation.

Ce supplice est aboli, répondrez-vous. Soit. Mais *la surveillance* fait aussi ses victimes, n'en devez-vous pas répondre?

## LE MOULIN A PRIÈRES.

Les Kalmouks, dit Depping, ont des moulins à prières. C'est sans contredit une des inventions les plus bizarres de la superstition. Ce sont des cylindres de bois autour desquels ils collent des papiers qui contiennent des prières. On tourne ces cylindres par une manivelle; on les fait tourner par le vent ou par l'eau, et l'on s'imagine, quand les cylindres tournent, que les dieux écoutent les prières collées à l'entour. Il y a de ces machines sur les tentes, dans les déserts, et sur les bords des rivières.

Une peuplade ou une horde se cotise souvent pour fournir à l'entretien d'un moulin à prières. C'est une manière fort originale et fort commode de prier.

# LA PAUVRE MARGUERITE

## OU LA

## JOLIE MEUNIÈRE DE VILLERS-BOCCAGE.

Elle se nommait Marguerite, et jamais femme ne fut mieux nommée; car elle était fraîche et blanche comme la jolie fleur, et sa vue réjouissait le cœur, comme celle de la paquerette que le printemps fait naître, et qu'une jeune fille effeuille en hésitant et la main tremblante, tant le cœur lui bat, pour savoir si celui qui la regarde si tendrement, l'aime *un peu, beaucoup, passablement, ou pas du tout*. Effeuille, effeuille, pauvre enfant, si la fleur dit qu'*il* aime, tu la croiras; si elle dit qu'*il* te trompe, tu penseras que tu as mal compté, ou que son oracle est menteur. Et pourtant tu connais aussi, toi, l'histoire de Marguerite, la jolie meunière de Villers-Boccage.

Si vous avez visité la Picardie, vous avez admiré la cathédrale d'Amiens, et tout occupé de ses clochers en aiguilles, de son élégante architecture, de ses sculptures gothiques, de sa richesse et de la mutilation de ses saints si brillants d'or et de couleur, il faut donc l'originalité et la fraîcheur de Villers-Boccage pour vous faire sortir de votre préoccupation; il faut ses moulins, ses maisons bâties en briques de toutes les teintes, se détachant sur ce fond de belle verdure, au milieu de ces prés fertiles, et s'harmoniant avec les arbres qui les entourent, si chargés de pommes et de poires empourprées que les branches plient jusqu'à terre, des deux côtés de la route. Tous ceux qui traversent ce riant pays pensent que là est réfugié ce qui reste sur la terre de bonheur. — On le croyait bien plus encore, il y a quelques années, quand on entrait dans la chaumière de Gros-Pierre, le riche meunier.

Autour d'une table couverte avec profusion et d'une propreté remarquable, le soir d'une belle journée d'automne, voyait rassemblés pour le souper, le bon Pierre, sa vieille femme, leur petite-fille Marguerite, trois garçons de ferme et deux servantes aux joues rebondies. On frappa à la porte. C'était un voyageur demandant l'hospitalité pour la nuit. Il y a une auberge à Villers-Boccage; Gros-Pierre n'en fit même pas la réflexion, et l'étranger se garda bien de la demander; il avait remarqué, dans la journée, la charmante figure de Marguerite. — Le lendemain il descendit au déjeûner avec un rouleau qu'il offrit à son hôte. Gros-Pierre fut saisi d'admiration en y voyant représentés sa maison, son moulin, et jusqu'à son

6

ânesse favorite, *la grosse Manon*, se roulant sur le pré. Le jeune peintre resta, sans se faire trop prier, pour faire tour à tour le portrait de Gros-Pierre et de toute sa famille; mais malgré tout son talent, et tous ses soins, il recommença tant de fois celui de Marguerite, qu'un mois s'était écoulé avant qu'il fut parvenu à le faire ressemblant. Marguerite posait pourtant avec une patience qui étonnait sa grand'mère, elle qui la connaissait si vive, qu'elle ne l'avait jamais vue jusqu'alors rester dix minutes à la même place. Enfin le jeune artiste n'avait plus de portraits à faire, on avait même celui du gros dogue : il annonça son départ. La nuit qui le précéda, Marguerite entendit ouvrir doucement sa porte, elle n'eut pas peur, elle fut étonnée, s'assit sur son lit et demanda vivement qui est là? — Oh! Marguerite, ne crie pas, dit une voix émue et tremblante, n'aie pas peur, c'est moi, c'est ton Ernest; je pars demain, je viens te dire adieu, peut-être pour jamais. — O mon Dieu! dit la jeune fille, pourquoi donc venir ainsi la nuit, je vous reverrai demain. — Ah! c'est assez pour toi, Marguerite; et moi je vais mourir après t'avoir quittée.

Le lendemain, il y avait une place vide à table; le peintre était parti avant le jour. — Deux mois plus tard, une fille traversait en pleurant les rues d'Amiens; elle avait à la main un petit paquet: c'était Marguerite fuyant la maison de son vieux grand-père, et marchant vers Paris. Elle ne pouvait plus vivre sans voir Ernest. Soutenue par son amour et son espoir, elle erra cinq mois entiers, vivant du produit des vête-mens qu'elle avait emportés, et qu'elle vendait l'un après l'autre. Dans son ignorance, elle avait cru qu'il lui suffirait de nommer Ernest pour le trouver à Paris; et dans cette ville immense, elle n'attirait pas même l'attention: car elle était bien pâle et sa robe tombait en lambeaux.

Un matin, le suisse de Notre-Dame-de-Lo-rette trouva sur les marches de l'église un ca-davre d'enfant nouveau-né, qu'une femme en délire pressait convulsivement sur son sein desséché et tari. Au milieu de ses paroles inco-hérentes, on recueillit les noms d'Ernest, de Gros-Pierre, de Villers-Bocage. On écrivit au hasard; Gros-Pierre accourut chercher sa pauvre enfant. Mais tous ses soins ne purent la sauver, elle avait trop souffert; la fièvre ne la quitta pas. Peu de temps après on l'enterra près de sa vieille grand'mère, que sa fuite avait fait mourir.

Un soir, on racontait dans un salon de Paris l'histoire de la pauvre fille. Des femmes qu'elle avait peut-être implorées vingt fois sans qu'elles y fissent attention, versaient alors des larmes sur son sort. Un jeune homme, assis près d'un guéridon couvert d'albums, écoutait avec distraction. Tout-à-coup il fut attentif et devint horriblement pâle; il venait de reconnaître cette folle qu'il avait tout-à-fait oubliée. Ce récit le bouleversa; il était inconsolable de la mort cruelle de Marguerite.

Il obtint le grand prix de peinture, partit pour Rome, et n'y pensa plus.

Les Romaines sont de bien belles femmes!

H...

# LE BUCHERON MÉDECIN.

## (CONTE ARABE).

Un pauvre bûcheron, ne pouvant nourrir un enfant dont sa femme venait d'accoucher, sortit de sa maison dans l'intention d'aller l'exposer aux bêtes féroces, et de se pendre ensuite. Il rencontra la mort dans son chemin. Cette figure affreuse lui glaça les sens, et il allait s'enfuir lorsqu'elle l'arrêta par le bras. Ton fils et toi vous ne mourrez pas, lui dit-elle, votre heure n'est pas encore venue. Le bûcheron, un peu rassuré par ces paroles, se trouva assez de fermeté pour envisager la mort. Que voulez-vous que je fasse sur la terre ? lui dit-il; je suis hors d'état de gagner ma vie. — Ne t'embarrasse de rien, répondit la mort; reporte ton enfant dans ta chaumière, et reviens me trouver ici. Le bûcheron obéit, et quand il fut de retour, la mort lui dit : Je veux te mettre en état de gagner ta vie : tu n'as qu'à te faire médecin. — Moi, dit le bûcheron, que je me fasse médecin ? Je n'ai jamais étudié. — Il n'importe, répliqua la mort : je vais te faire connaître dix à douze plantes dont la vertu est encore ignorée des hommes; mets-les en usage, et tu feras des cures si merveilleuses, qu'en très peu de temps tu passeras pour un médecin célèbre. D'ailleurs, je veux faire encore plus pour toi. Afin que tes arrêts de vie ou de mort soient infaillibles, tu me trouveras toujours dans la chambre de tes malades. Si tu me vois au pied du lit, affirme, avec fermeté, que le malade en réchappera;

mais quand tu me verras au chevet, tous tes remèdes seront inutiles.

La mort tint exactement sa parole. Le bûcheron devint bientôt un médecin célèbre, ses décisions étaient autant d'oracles, et ses cures paraissaient toutes miraculeuses. Il fit fortune en peu de temps, et tout allait bien pour lui, lorsque le grand Iskender eut une maladie des plus dangereuses. Le médecin bûcheron ayant été appelé, il fut dans la dernière consternation en voyant la mort au chevet du lit du monarque. En vain, il la pria de différer de quelques années, elle fut inexorable. Il faut qu'il me suive, disait-elle ; n'entreprends pas de me fléchir. Chacun était surpris des discours du médecin ; on l'entendait parler, et l'on ne voyait pas le terrible interlocuteur ( car la mort ne se rendait visible que pour lui ), de manière qu'on le prenait pour un fou, et qu'on était prêt à le chasser avec ignominie, lorsque, suivant tout-à-coup une pensée qui lui vint à l'esprit, il appela un des esclaves d'Iskender, lui ordonna de prendre trois de ses camarades, et de changer brusquement le lit du prince, de manière que le cheveu se trouvât à la place occupée par les pieds. Il fut obéi sur-le-champ et avec tant de promptitude, que sa présence d'esprit sauva la vie au grand Iskender. La mort fut si surprise de se trouver aux pieds du malade, lorsqu'elle se croyait proche de la tête, qu'elle ne put refuser au médecin de lui tenir sa parole et de se retirer pour cette fois seulement. Elle lui pardonna donc cette tromperie, avec défense d'y revenir; et le monarque ayant été guéri par les remèdes du bûcheron, lui donna une récompense proportionnée à un si grand service.

# LE
# RECIT D'UN GASCON.

Un malheureux Gascon, artiste peintre, voyageant à pied, aperçoit un passant, l'accoste, chemine avec lui, et à la première auberge se fait payer bouteille. Tout en buvant, faisant un cent de piquet, il lui raconte qu'entre autres propriétés immenses, il possède un magnifique château avec parc, canaux, terres en dépendant, etc., etc., et voici comment il s'exprime:

# RÉCITATIF:

Sur un grand trône assis, dans mon haste château,
Autour de ma grandur on se presse, on s'abance ;
La plus velle, sandis! des filles du hameau,
Mé présente un vouquet, et se met en cadancé :
Jé mé lebe. Aussitôt au son des chalumeaux,
Des fifres, des hautvois, des flûtes, des pipeaux ;
La troupe me conduit sons un dais de berdure,
Et c'est moi qui du val bais faire l'ouberture.
Lé pié gauche en abant, dessiné comme un dieu,
Jé m'élance en zéphir jusques au veau milieu.
Mes basgaux ébahis admirent ma souplesse,
Bieillards, femmes, enfants, près de moi tout s'em-
Dociles à ma boix je les dispose en rond,      presse,
Et j'entonne, en sautant, la petite chanson.

## CHANSON: Air à faire.

Allons au vois, ma vergerelle,
C'est là braiment que l'on se plait veaucoup,

On se repose sur l'herbette.
Et dieu d'amour bous séduit tout à coup.
— Oui, moi! bous suivre au bois toute seulette,
Mon veau monsieur? Non, non, j'ai peur du loup.

------

— Point de frayeur, pastourellette,
Si lé loup vient, je l'avatterai du coup.
Partons, mon arme est touté prête.
— Botre air, braiment, me rassuré veaucoup;
Mais, par malheur, si vous manquiez la vête,
Quel désespoir! non, non, j'ai peur du loup.

# TURINE et JULIEN

## ou

## LA GUÉRITE DU DOUANIER.

On me l'a dit.

— Bon guet, camarade, et surtout pas de visite du vieux goudronné !

— Laisse faire ! si je le tiens jamais au bout de ma carabine, je l'enverrai faire la contrebande là-haut.

— Il aura un fameux compte à rendre.

— Ça le regarde ; je me charge de lui délivrer sa feuille de route en règle.

— Tiens-toi sur tes gardes, Julien, ce compère-là en a pipé de plus malins que toi, oui !

— Laissez donc, caporal, vous voulez parler du poltron de Benoît. Bah ! ça n'a pas plus de cœur qu'une meselle ; je ne m'étonne pas de ce qu'il lui est arrivé.

— Ah! mais, avec tout ça, on l'a trouvé lié, garotté et bâillonné sur le lit de camp.

— Bah! tu me fais rire, Mathlin, quelque farceur qui lui aura joué cette frime! peut-être un pari! qui sait? On le connait dans les environs. Il n'est pas jusqu'aux jeunes filles qui ne se cachent pour lui faire peur quand il passe. Faut voir les sauts qu'il fait.

Des rires bruyans accueillirent ces mots emportés dans les airs par un vent d'ouest violent, qui chassait les nuages comme les barques tourmentées par la tempête.

Julien, laissé en faction, écouta longtemps les pas de ses camarades qui retournaient au poste.

Puis il entra dans la petite maisonnette, massive et carrée, qui servait de guérite, et où l'on ne voyait d'autre luxe d'ameublement qu'un lit de gazon, couvert d'un peu de paille, et qu'un siège circulaire, construit des mêmes matières, à l'entour du foyer étroit, où se consumaient, en jetant une lueur rougeâtre, quelques mottes fumantes.

Le douanier a barricadé la porte contre les

7

attaques du vent ; cette porte décorée des chefs-d'œuvre du burin de ses camarades, et sur laquelle l'un, à l'aide de son couteau, avait sculpté sa pipe ; l'autre, le profil amoureux de sa belle ; celui-ci, la caricature de son chef ; celui-là, les traits anguleux, sataniques du vieux goudronné, de ce hardi contrebandier qui épouvantait tout le pays ; cette figure dominait tous les autres dessins, elle se reproduisait dans tous les coins.

Julien plaça sa carabine debout dans l'âtre, s'assit sur le banc de gazon, et chargea sa pipe, compagne fidèle, véritable consolation du douanier, pendant ces longues nuits d'orage qu'il passe sur les caps nombreux qui hérissent les côtes de Bretagne.

Pauvre geôlier du commerce, chargé de lui mettre les fers aux pieds et aux mains, soit qu'il entre ou soit qu'il sorte, quand donc la science stationnaire des gouvernans viendra-t-elle te relever de ton poste ?

Pauvres peuples, quand donc la raison brisera-t-elle les barrières que des intérêts mal entendus ont élevées entre vous ? Ce n'étaient pas précisément ces réflexions que faisait Julien en contemplant avec volupté la fumée de sa pipe qui s'échappait en gracieux tourbillons. Une idée riante, telle qu'on s'en fait de seize à vingt-cinq ans, revenait souvent occuper son esprit. Une image légère, une forme séduisante de jeune fille se balançait agaçante dans les petits nuages de fumée qui s'élevaient en spirale.

Un monologue mental accompagnait cette délicieuse vision :

« *Turine !*.... bonne fille !.... je te remercie...
« Tu viens embellir ma solitude..... Siffle,
« souffle, tempête ! avec ce petit miroir d'ange,
« ma guérite est un paradis, et j'sspère que le
« vieux goudronné, comme ils l'appellent,
« aura la complaisance de ne pas venir déran-
« ger mon bonheur. »

Qr, qu'était-ce que Turine ? Une jeune et fraîche bretonne, comme on en trouve sur la côte ; des gros yeux noirs et vifs, une physionomie franche, ouverte au plaisir, des joues de roses avec une petite fossette près de deux lèvres de carmin ; et puis des jambes !... moins

*bretonnes* que vous ne pensez (1), de ces formes, de ces figures enfin qui ne vous laissent
jamais calme et froid ! Oh! vrai, elle était ra-
vissante sous son costume des dimanches !
C'était aussi un dimanche que Julien avait fait
connaissance de la belle bretonne, à la danse
au bignon, après vêpres, sous la grande châtai-
gneraie de la vallée. Julien avait vingt-quatre
ans; c'était un de ces vigoureux *gars* que produit la Bretagne, pour prouver que l'air de ses
landes n'est pas plus contraire à la population
que leur sol ne le serait à l'agriculture, si la
routine voulait au moins y planter quelques
arbres verts. Revenons à Julien : c'était un
bon, franc et vertueux breton, dont la figure
noble et enjouée pouvait faire le pendant de
celle de Turine. Julien ne dansait bien les
rondes, les bals, les drôlettes qu'avec Turine,
Turine aussi se sentait plus légère, plus gaie
avec Julien.

Voilà pourquoi le jeune douanier faisait de

(1) *Jambes bretonnes*, façon proverbiale de dési-
gner une jambe forte en Bretagne.

si doux rêves en aspirant et expirant la fumée de sa pipe.

Soudain, au milieu de ces douces illusions, il crut apercevoir à la petite meurtrière, qui, comme les trous losangés des guérites, était un œil ouvert sur l'ennemi,.... non, ce n'était pas une hallucination !... Il aperçoit deux yeux brillans plonger sur lui!... Il se lève... le regard a disparu... C'est lui pourtant ! C'est la prunelle vive et humide d'un regard voluptueux, le regard de Turine enfin !... Oh ! il n'y en a pas deux comme celui-là dans tous les villages de la côte, depuis le cap Frehel jusqu'à l'anse Duguesclin.

— Mais Turine, à cette heure, en ce lieu ! Est-ce que je dors ?

Le brave douanier se secoue pour s'assurer qu'il est bien éveillé. Il n'avait pas cessé son mouvement, qu'un grand coup retentit à la porte.

— Bon ! dit-il, voilà des farceurs ! tenons-nous sur nos gardes... mais ce regard !

Il s'avance vers la meurtrière ! Oh! cette fois ce n'était plus l'œil brillant, velouté de Turine !... Dieu ! quel regard ! ce doit être celui du contrebandier ou de... satan ! Eh ! ce serait lui-même, je ne reculerais pas, morbleu ! voyons ! voyons !

Il saisit sa carabine, ouvre la porte brusquement, s'élance dehors prêt à faire feu. Qui vive ? — Rien. Qui vive ? — Rien encore. Il hésite ; son cœur battait au brave Julien !

La pluie fouettait avec violence. L'ouragan soulevait les vagues qui venaient bondir mugissantes au pied du roc surplomblant où s'élevait la frêle maisonnette. La nuit ne laissait pas percer sous ses voiles sombres la moindre lueur qui pût aider à contempler le terrible spectacle dont le bruit seul se faisait entendre.

La rafale impétueuse eut inévitablement enlevé l'imprudent douanier qui venait de s'exposer à sa fureur, si, en homme qui avait l'expérience de pareils dangers, il ne se fut tapi et cramponné derrière la petite redoute de gazon construite au pignon de la cabine. De là, élevant de temps en temps son regard au niveau de la terrasse, il cherchait à distinguer quelque chose dans l'ombre épaisse qui l'en-

veloppait. Il n'apercevait rien. C'étaient de
bons yeux pourtant que ceux de Julien pour
découvrir les premiers une voile à l'horizon !

— Superbe nuit pour un contrebandier !
pensa-t-il en lui-même.

La porte de la cabane se ferma avec fracas.

— Merci ! bonne brise. Je me mouille ici pour
le roi de Prusse. Je ferai mieux de me mettre à
l'abri, et si les camarades veulent me voir, ils
entreront, et je leur donnerai place au feu.

Il était à la porte et cherchait à l'ouvrir ;
elle résistait. Eh bien ! est-ce que les farceurs
se seraient logés ?... Hé ! dites-donc, vous autres,
ouvrez ou j'enfonce... Diable ! la farce serait
trop rude.

Il poussait. Une faible résistance se faisait
sentir, il redouble d'efforts.... la porte cède....
Un cri frêle, tremblant, retentit.... Il se préci-
pite. Une jeune fille est à ses pieds.

Cette voix, ce cri avaient vivement ému le
jeune douanier. C'était la voix de Turine ;
c'était Turine elle-même avec toutes ses grâces
augmentées par l'abandon de sa frayeur.

—Par tous les anges ! dit le douanier, vous ici,

Turine! oh ! que ma faction dure toute la vie !

— Julien ! Julien ! reprit la jeune fille d'une voix tremblante, et la parole expira sur ses lèvres.

— Turine ! mon amie! ma compagne pour la vie !

Il avait relevé la jeune fille et l'avait assise près, bien près de lui devant le feu qu'il ranima.

Julien ! reprit Turine baissant les yeux et cherchant à soustraire son visage aux regards enivrés de son amant, oh ! ne me méprisez pas, Julien ! quand vous saurez....

— Je sais, interrompit Julien avec vivacité, je sais que je suis le plus heureux des....

Une main douce lui ferma la bouche.

Ecoutez : elle allait parler. Son regard se dirigea vers la petite fenêtre, deux yeux sataniques y flamboyaient !.... La jeune fille cacha sa tête dans ses mains en étouffant un petit cri et en disant à voix basse : rien ! non, rien !

Julien, ne connaissant pas la cause de ce mouvement singulier, conçut un instant une pensée effrayante qui lui donna le vertige, comme ces précipices où l'œil n'ose plonger.

— Dieu ! pensait-il. Serait-il vrai ? Oh ! je la soignerais comme ma sœur !... Elle, toujours elle, pauvre Turine !

Il tomba à genoux devant la jeune fille, écarta brusquement ses mains posées sur son visage, et muet, la contempla d'un regard douloureux qui semblait l'interroger. Turine, étonnée, attendrie par ce regard si plein d'un véritable dévouement, se pencha sur l'épaule du jeune homme, et lui dit d'une voix basse, bien basse, mais encore accentuée par la pitié :

— Ils voulaient t'assassiner !

Puis succombant à l'effort, elle défaillit. Julien la porta sur le lit de gazon, où il amoncela la paille, et la couvrit de sa capote. Un rire aigu, emporté par la tempête, passa devant la meurtrière. Julien saisit sa carabine, s'élance dehors. Rien !... rien que le fracas des flots, du vent, et l'impénétrable obscurité de la nuit. Il rentre désespéré de n'avoir pu rencontrer son insaisissable ennemi. Quel cahos de sinistres pensées bouleversait son esprit !

Ce projet d'assassinat ! le contrebandier sans

doute. Appeler le poste... mais elle ! n'est-ce pas l'assassiner que de la livrer à la risée, aux soupçons de ses camarades ! Un conte !... ils n'y croiront pas. Et si ce n'est qu'une vaine terreur de la jeune fille... Et ce dévouement ! Ah ! ce dévouement fait couler dans son sang je ne sais quelle fraîcheur balsamique qui dissipe toutes ses craintes... Non, je n'appellerai pas le poste ; je vais rester là, à veiller sur elle, sur mon bonheur, sur l'autre moitié de ma vie. Comme elle semble reposer doucement !

La jeune fille, grâce aux soins du soldat, revenait au sentiment de l'existence et le remerciait d'un regard reconnaissant. Douce éloquence du cœur !

Mais une nouvelle inquiétude s'éleva aussitôt dans l'esprit de Julien. Sa faction, hélas ! allait finir. Combien le temps avait été rapide ! Il fallait soustraire Turine aux regards de la calomnie. Mais les assassins ! peut-être lâchement embusqués !...

— Ils ne sont pas venus ! dit la jeune fille en se ranimant tout-à-fait. Elle tomba à ge-

noux au pied du lit, les yeux au ciel ; puis se
relevant soudain :

— Julien ! reconduis-moi seulement à mi-
chemin du village. Après, je courrai bien vite,
plus vite qu'eux : tu appelleras le poste, pro-
mets-le moi.

Deux larmes de bonheur roulaient brillantes
sur ses joues pâlies. Julien était ému, boule-
versé d'attendrissement, d'admiration et d'a-
mour !

Elle lui présenta sa capote en souriant à
travers ses larmes : — Non, toi, dit-il. — La
moitié, Julien. Et ils cheminèrent tous deux
muets, heureux, sous le même abri.

L'ouragan avait cessé ; la pluie tombait fine
et paisible. La nuit était toujours noire.

Julien aurait voulu questionner : — Plus
tard, demain, disait Turine, tu sauras tout.

— Ma protectrice ! mon ange gardien ! re-
prenait Julien en la serrant contre lui.

— Chut ! disait la jeune fille. Les brigands
sont là peut-être. Aussitôt Julien arma sa carabine, et la jeune fille tressaillit.

Pendant que nos amoureux s'éloignaient, les

vagues avaient cessé leurs assauts tumultueux contre les rocs de la côte, et une petite voile rouge passait habile, inaperçue, entre les écueils, devant la cabane déserte du douanier.

Le lendemain, quelques pauvres pêcheurs avaient du sel à bon marché.

Et Turine! — Oh! Turine. Vous avez déjà peut-être mal pensé d'elle. Cela me pèserait comme un remords, si j'en étais la cause par mon silence. Je vous dois la vérité toute entière; la voici:

Turine n'épousa pas Julien.

J'en étais sûr, dites-vous. — Ecoutez, voici le reste de la vérité:

Turine, le lendemain, avait disparu!

Je vous entends dire: avec...

Non, elle était vertueuse. Son corps, percé de deux coups de poignard, fut déposé par les vagues sur le rivage. Pauvre Turine!..

Et le jeune douanier? — Près d'elle, au cimetière de P....

Je me disais, arrêté devant cette double tombe: c'est ainsi qu'un semblable impôt s'acquitte souvent en crime!                    H.

# LE CONSUL DE MONTAUBAN

## ou

## HENRI LE CHASSEUR.

Vers la mi-novembre 1584, et à l'entrée de la nuit, un cavalier couvert de boue, et se traînant péniblement dans une espèce de tranchée inondée par les pluies, arriva au village de Fau. Son premier soin fut de chercher des yeux une maison qui pût le recevoir, lui et sa monture haletante de fatigue, mais n'apercevant que trois ou quatre masures à moitié démantelées, il s'adressa à un vieillard que le bruit du cheval avait attiré sur sa porte, et lui demanda si Montauban était encore bien éloigné?

— Vous ne pouvez pas y arriver avant deux heures, répondit celui-ci, car le chemin est mauvais et malaisé par le temps qu'il fait.

— Mais, dit le cavalier, en regardant avec

8

terreur la campagne qu'obscurcissaient comme
de concert la pluie et la nuit, n'y a-t-il pas
ici une hôtellerie ou taverne en laquelle on
puisse se retirer pour son argent?

— Non, messire, le pays est trop pauvre.

— Au diable les Guizards qui les ruinent!
mais par Coligny! je ne puis rester dehors à
cette heure, et il faut que tu me trouves couvert et gîte pour ce soir.

— Ici nous n'avons qu'un homme qui
puisse vous loger s'il le veut.

— Comment, s'il le veut? Ventre saint-
gris! je me battrais avec le diable!

— C'est que Senhorel...

— Holà, vite mène moi chez lui.

Ce commandement était fait d'un ton à ne
pas admettre de réplique: le vieillard obéit,
et au bout de quelques instants l'étranger
s'arrêtait devant une maison dont l'apparence,
bien que modeste, annonçait l'aisance. Jeter
l'écu de Bordeaux à son guide, mettre son
cheval à l'écurie et pousser la porte fut l'af-
faire d'un moment pour lui, il entre sans
façon, tombe dans une chambre où brillait un

feu éclatant, et après s'être établi au beau
milieu de la cheminée, dit à une jeune femme
toute ébahie da sa présence :

— Ne vous dérangez pas, ma gentille com-
mère, et continuez les préparatifs de votre
souper. Je suis un officier du roi de Navarre
qui, m'étant égaré aujourd'hui à la chasse,
viens vous demander l'hospitalité.

La jeune femme (qui, ainsi que son hôte l'a-
vait remarqué déjà, était charmante) expri-
mait, tout en rougissant, quelques doutes sur
l'intention de son mari, lorsque la porte s'ouvrit brusquement, et celui-ci parut.

C'était un homme de 45 ans à peu près,
assez grand, et dont la physionomie forte-
ment empreinte d'un caractère de franchise
et d'intelligence rare dans la classe alors si
humiliée des paysans, frappa l'officier. Il s'arrêta quand il vit celui-ci, avec un mouvement de surprise qui n'était peut-être pas
exempt de mécontentement, et après avoir
écouté la rapide explication de sa femme, dit
en posant son arquebuse :

— Allons, allons, très bien ! je sors ce matin

maître de mon logis, comme il convient, et en y rentrant je trouve ma place occupée, mon fauteuil pris, et ma table mise pour un autre. Dites-donc, l'ami, je ne vous refuse pas mon toit, car par ce temps je ne chasserais point un collecteur, mais si vous pouviez me laisser voir le feu, que je vous serais obligé, vraiment!

— C'est trop juste, reprit l'officier, surtout si vous êtes aussi trempé que moi.

— Mais en effet, vous avez eu de l'eau, observa Senhoret. Femme, du linge, des habits pour deux, nous sommes à peu près de la même taille; et, voyez-vous, l'habit blanc (costume obligé de la classe rurale) d'un paysan, bien sec, vaut mieux encore que le plus beau pourpoint mouillé!

— Je le crois bien, ventre saint-gris! j'étais ici comme dans un étang!

— Et vous avez eu tort de ne pas parler plus tôt.

Ils changèrent de vêtements auprès du feu, et quand le prétendu officier du roi de Navarre eut endossé la culotte de tiretaine, le

gamaches de cuir, la grande veste de Senhoret et accepté son chapeau à larges bords des
dimanches, il n'y eut plus de ligne de démar-
cation entre ces deux hommes.

On aurait dit qu'ils se connaissaient depuis
vingt ans quand ils se mirent à table. Le souper était bon. Outre le pot bouillant placé au
milieu, et d'où s'élevait par tourbillon une
fumée succulente, il y avait là le foie de ca-
nard national et la cuisse d'oie, le plat de salé
et l'omelette à l'oseille, de plus un morceau de
venaison qui, bien que soigneusement couvert,
se trahissait par son parfum ; aussi notre officier et Senhoret, aussi affamés l'un que l'autre,
attaquèrent-ils le repas avec vigueur, et furent-
ils longtemps sans souffler mot, mais dès que
la grosse faim fit place à la soif, et qu'il n'y eut
plus sur table que le morceau de venaison,
Senhoret, respirant bruyamment, tendit à son
hôte un verre à moitié plein de pimprenelles
pour que le vin vieux qu'il contenait eût un
goût plus exquis, et buvant à sa santé :

— Eh bien ! l'ami, s'écria-t-il, comment
vous trouvez-vous maintenant ?

8.

— Par la belle Baïse ! aussi bien qu'un hômme puisse être !

— Et de ceci, qu'en pensez-vous, continua Senhoret, en indiquant de l'œil la venaison ?

— Mais ventre saint-gris ! je pense que ce ne sera pas mauvais.

— Ce n'est pas ce que je demande : vous m'avez dit que vous étiez chasseur, connaissez-vous ce gibier-là ?

— C'est du sanglier, j'en parierais mes aiguillettes.

— Et vous gagneriez, brave homme, un sanglier superbe que j'ai abattu ici près, hier au soir.

— Voilà pourquoi nous n'avons rien trouvé aujourd'hui. Mais vous êtes hardi, maître Senhoret.

— Aimeriez-vous mieux qu'il courût les fourrés ?

— Je ne dis pas cela, répliqua l'officier, mais chasser dans votre condition, c'est chose dangereuse.

— Bah ! nous ne sommes pas ici sur les terres du roi de Navarre, qui fait pendre un homme pour une perdrix. La banlieue de Montauban est libre après tout, et c'est bien le diable si uu paysan, qui ne cherche mal à personne, ne peut pas tuer de temps en temps un sanglier dans ses bois. Au reste, goûtez-moi ce vin.

— Brave Senhoret, c'est mieux conclure que Pibrac.

— Revenons-y.

Tant ils y vinrent, une bouteille toujours meilleure succédant à l'autre, que leurs cerveaux s'échauffèrent, et alors Senhoret, qui en cet état tutoyait tout le monde, ramena la conversation sur le roi de Navarre.

— C'est une honte, criait-il à pleine tête, une honte indigne d'un chrétien, que de défenfre au pauvre monde de prendre un peu de gibier que Dieu lui envoie et qui ravage tous ses champs.

— Senhoret, répartit l'officier, vous vous oubliez, mon ami.

— Tais-toi, si tu veux que nous vivions en paix!

— Par exemple, ceci est fort, répondit l'au-

tre, en riant aux éclats, je ne pourrai pas dé-
fendre le Béarnais, moi!

— Non!

— Et que lui reproches-tu? de tenir à ses
droits..

— Je lui reproche tout. C'est un joueur, un
débauché.... il court après toutes les femmes,
et, à ce propos, toi, l'ami, ne regarde pas ainsi
la mienne, si tu veux coucher sous ce
toit.

— Brisons là, maître Senhoret, je n'aime
pas entendre dire du mal du roi de Navarre,
et pour cause....

— Tu es à son service.

— Oui, dit l'officier, je ne le quitte presque
point.

— Ah! ah! quel est ton emploi dans sa maison, reprit Senhoret, en lui versant ample ra-
sade?

— Je suis son premier écuyer.

Senhoret regarda le pourpoint et le haut des
chausses de peau de buffe qui séchaient au coin
du feu, et les voyant déchirés et troués en plus
d'un endroit, il secoua la tête.

— Tiens, dit-il, bois ce verre et parle sans mentir, qui es-tu?

— Senhoret, mon brave, je ne veux pas te tromper, je suis le plus puissant de ses courtisans.

— On prétend que le vin rend véridique, répliqua celui-ci en remplissant de nouveau son verre, et tenant toujours les yeux attachés sur les habits, dis-moi qui tu es réellement?

— Tu le veux! eh bien! Senhoret, mon ami, je suis le roi de Navarre lui-même!

— Femme, cria Senhoret, ôte ces bouteilles; et toi, mon pauvre homme, va dormir; si tu prenais encore un verre, tu serais le Juif-Errant ou le Drak! (lutin qui prend toutes sortes de formes) bon sommeil!

Le cavalier eut beau protester qu'il était Henri, et qu'il venait de tracer, sous Montauban, le plan d'une nouvelle ville: à chacune de ses affirmations Senhoret éclatait de rire en le poussant vers la chambre qu'on lui avait préparée, où même pour plus de sûreté il l'enferma.

Le lendemain il ne voulut le laisser partir qu'après un copieux déjeûner, et après lui avoir montré, avec son orgueil de propriétaire, ses champs, ses vignes et une partie de ses bois. Celui-ci, qui ne paraissait plus se souvenir de l'orgie de la veille, lui dit en lui serrant cordialement la main et reportant ses regards sur les planchers enfumés de cette maison où il avait trouvé un accueil si franc et un sommeil si calme.

— Adieu, Senhoret : je te remercie de l'hospitalité que tu m'as donnée. Comme tu le vois, et je l'avoue sans rougir, je suis pauvre à présent et hors d'état de te prouver ma reconnaissance; mais j'ai un parent dans le nord qui me laissera peut-être un jour un noble et bel héritage, et alors je me souviendrai de toi! Si, du reste, le Béarnais devient jamais roi de France, viens au Louvre et demande Henri le chasseur : tu seras content.

Des années passèrent sur cette visite, et Senhoret avait complètement oublié son hôte, lorsqu'en 1595 le petit grain d'ambition qui existe en toutes les têtes des enfants d'Adam, se développa dans la sienne. Il voulut être consul, consul de Montauban, et brigua les suffrages de la Gache (quartier) des campagnes. Malheureusement pour ses projets, les bourgeois de Montauban ne pensèrent pas devoir permettre que le chaperon rouge et noir tomba sur l'épaule d'un paysan, et grâce à leurs cabales, Senhoret fut écarté. Cet échec lui remit en mémoire l'officier du roi de NAVARRE. Et comme les capés de Béarn avaient triomphé depuis, et que les Gascons occupaient le Louvre, Senhoret en conclut que nécessairement son hôte devait être quelque chose, et pouvait l'aider à tirer vengeance des Capitouls Montalbanais.

Il prit donc quelques écus dans sa ceinture, chaussa ses gamaches de cuir, et gagna Paris. Là, il fut d'abord embarrassé pour trouver son homme; mais à force de rôder autour du Louvre, et de demander à tous les gardes Henri le chasseur, il finit par rencontrer un vieillard qui l'écouta avec attention et lui dit d'attendre. Effectivement, peu de temps après, un page en pourpoint de satin bleu, sur lequel brillait à profusion le magnifique point de Venise, ôtant malicieusement sa toque à plumes blanches, vint chercher ce paysan, et lui faisant traverser les somptueuses salles du Louvre pleines de dames, de seigneurs et de vieux capitaines huguenots, encore à moitié armés, il le conduisit à la porte d'un cabinet, et se retira en lui recommandant le silence. Senboret était confondu : tout ce luxe princier, toutes les splendeurs de cette habitation royale qu'il venait de traverser, miroitaient dans son imagination éblouie, et il en était à se demander sérieusement s'il faisait un rêve, lorsqu'il vit entrer celui qu'il cherchait. Il était bien changé, et quoique très simplement mis, avait un air d'autorité imposante qui aurait interdit Senboret, si, pour le rassurer, il ne lui avait tendu la main en souriant. Cette marque d'amitié lui redonna un peu de cœur ; il mit son chapeau, et félicita son ami sur son changement de fortune.

— Ah ! je suis mieux logé que toi ! lui répondit-on.

— Oui, certes, il n'y a pas ici de chambre qui ne vaille tout le Fau.

—Eh bien ! tu n'as encore rien vu ! Tiens, Senhoret, regarde-moi cette belle rivière de Seine, avec son Pont-Neuf, sa Tour de Nesles, son beau Pré-aux-Clercs, ses îles toutes verdoyantes !

— C'est comme notre Tarn de Corbarrieu à Montauban.

— Vois ce château des Tuileries, ces flèches aiguës du vieux Saint-Germain, ces tours là-bas qui s'élèvent du fond de la cité triangulaire comme des mâts de vaisseau de Paris ; vois cette immense multitude de maisons que l'œil ne peut plus embrasser : tout cela vaut bien les champs, les bois, les vignes vigoureuses que tu me montras avant mon départ ? Eh bien ! ventre saint-gris ! tout cela est au pourpoint troué, tout cela est à moi, Senhoret.

— Ah ! grand Dieu ! qui êtes-vous donc ?

— Henri IV !...

Senhoret tomba à genoux sans parole, et lorsqu'il put s'exprimer, vous l'auriez entendu balbutier les excuses les plus incohérentes : il se croyait coupable de lèse-majesté pour en avoir agi si familièrement avec le roi. Henri IV

9

s'amusa quelque temps de son embarras, puis avec son accent vibrant et populaire :

— Pardieu ! s'écria-t-il, Senhoret, tu es devenu bien timide depuis que nous nous sommes vus ! est-ce parce que je suis riche aussi ? Parle, ventre saint gris ? tu ne m'as pas encore appris le sujet de ton voyage.

Senhoret se leva lentement, et s'appuyant sur son bâton, expliqua, non sans hésitation, pourquoi il avait quitté les collines du Fau.

— Ah ! ces gros seigneurs de Montauban ne veulent pas qu'un paysan soit des leurs ! attends ! attends !

Henri IV prit une plume et dressa promptement une lettre pour le Sénéchal ; puis, regardant Senhoret :

— Pendant que j'y suis, demande ce que tu voudras, mon ami.

— Sire, reprit Senhoret tout à fait rassuré, gardez les grâces à ceux qui en ont besoin pour vous aimer.

— Bien dit ! ventre saint-gris ! mais par la couronne de France ! tu ne sortiras pas ainsi du Louvre. Veux-tu être noble ?

— Non, Sire !

— Veux-tu la taille du Fau ?

— Non !

— Au diable tes refus ! il faut cependant que tu acceptes quelque chose.

— Eh bien ! puisque vous le voulez, que vous y tenez à toute force, je vais vous demander trois choses.

— Je te les accorde.

— D'abord octroyez-moi le droit de vendanger quand il me plaira.

— Si tous mes courtisans étaient comme toi, ils ne me ruineraient par dieu pas. Et après ?

— Après, Sire, dit-il à demi-voix, mettez sur ce papier que lorsque les sangliers viendront fouler l'herbe de Senhoret, il aura le droit d'en tirer un par ci par là sans se faire pendre.

Henri IV écrivit en souriant.

— Et troisièmement, Sire, ajoutez-y, en signant, que vous m'avez appelé votre ami ; je serai plus fier de ce titre que de la noblesse, de la taille du Fau, et de tout ce que vous m'avez montré à ce balcon.

— Ventre saint-gris, s'écria le roi ému jus-

qu'aux larmes, Senhoret, tu es le seul homme
que j'ai trouvé dans ce palais. Adieu, mon
ami! car tu l'es véritablement de fait et de
cœur! Adieu !...

Senhoret prit la main qu'Henri IV avançait,
la serra cordialement : puis, passant la main
sur ses yeux et déboutonnant trois boutons de
son estomac, il traversa le Louvre aussi libre
d'esprit et aussi fier que dans sa maison, et
repartit vers les collines du Fau.

En passant à Montauban, il avait fait tenir
au Sénéchal la lettre d'Henri IV. Trois jours
après, le pays fut mis en émoi par une caval-
cade inusitée et solennelle. C'était M. le Sénéchal à la tête de cinq consuls, majestueusement
vêtus d'une robe longue à manches fort larges
et mi-partie de rouge et de noir, lequel, suivi
d'une foule de peuple et de six sergents en
manteau rouge, et portant la baguette bleue,
persemée de fleurs de lys d'or, venait, au son
des fifres et des tambours, chercher Senhoret
pour le conduire à l'hôtel-de-ville.

Henri IV avait tenu parole : son ami était
consul de Montauban.                            H...

# EFFETS EXTRAORDINAIRES DE LA FOUDRE.

On sait ce qu'on doit admirer le plus, ou des roulemens majestueux du tonnerre, ou des jeux singuliers de cette terrible vapeur. Plutarque rapporte que Mithridate Eupator, roi de Pont, étant enfant, le tonnerre brûla ses langes; et qu'étant homme fait, le tonnerre brûla les flèches de son carquois, sans qu'il fût blessé d'aucun de ces deux accidens.

Un jour que Fernand-Cortès allait livrer bataille aux Péruviens, le tonnerre éclata d'une manière si violente, que ses soldats éperdus ne purent tenir leurs rangs, et qu'ils s'enfuirent çà et là. Un seul escadron de cavalerie garda son poste, et fut inébranlable; alors 50 chevaux, qui étaient de front, eurent tous une partie de la tête emportée par la foudre, et les cavaliers qui les montaient, furent étouffés. Deux seulement, qui bordaient la file, n'éprouvèrent aucun accident fâcheux;

mais à leur grand étonnement, la lame de leur sabre se trouva pulvérisée dans le fourreau; et des pièces d'or qu'ils avaient dans leur bourse, furent calcinées, sans que la bourse éprouvât la moindre altération.

Lors de la mémorable invasion des Sarrasins en France, et de leur destruction par Charles Martel, vers l'année 715, le tonnerre gronda sans discontinuer, durant deux jours et deux nuits. Étant tombé sur l'abbaye des Marmoutiers, il cribla les portes de diverses cellules, au point que quelques-unes étaient comme une dentelle; il fondit deux cloches, et il en précipita une troisième à plus de cent pas du clocher. Après plusieurs dégâts, il pénétra dans le réfectoire où dînaient les religieux, au nombre de 156, à deux longues tables; il fit exactement le tour de la salle, dont il brisa toutes les vitres; et, en un clin-d'œil, les 150 chopines d'étain, contenant la ration de chaque moine, furent renversées, sans qu'il arrivât aux pieux solitaires d'autre accident que celui de boire de l'eau ce jour-là.

Le 28 mai 1767, le tonnerre tomba sur

l'église de Villa di Stellone, pendant qu'on célébrait l'office; il tua sept personnes, en blessa quantité d'autres. Le coup fit une explosion si considérable, que le curé et les assistans en furent assourdis, stupéfaits et immobiles pendant quelques momens; l'horloge en fut arrêtée, et cessa de marquer l'heure. Une chose non moins remarquable, c'est qu'une vieille femme, qui entendait alors la messe, perdit tout-à-coup l'usage de la vue, et cessa de parler durant trois jours entiers (1).

L'empereur Auguste avait une frayeur du tonnerre, qui allait jusqu'à la pusillanimité. Les éclairs commençaient à briller, qu'il courait se cacher au fond des voûtes profondes qu'il avait fait construire exprès sous son palais. Voici une femme qui lui eût donné l'exemple de la fermeté qu'on doit conserver en pareille circonstance; car la crainte à laquelle on se livre n'en diminue en rien le danger.

En 1754, il y eut un orage épouvantable à Milan; la jeune margrave de Bareith faisait

(1) Quelle punition pour une femme.

les honneurs d'un bal donné à l'Hôtel-de-Ville ; elle dansait même un menuet au moment que le tonnerre tomba dans le salon. Plusieurs femmes s'évanouissent soudain ; les hommes eux-mêmes couraient çà et là, épouvantés, afin de fuir le danger. La seule margrave conserva son sang-froid, au point de continuer son menuet ; son cavalier, plus mort que vif, eut bien de la peine à fournir sa carrière. Cependant, telle fut la contenance de la princesse, que le bal continua, comme s'il eût fait le temps le plus calme.

Le 15 janvier 1779, l'on célébrait les fiançailles de deux jeunes époux à Meyssac en Limousin, le tonnerre tomba sur l'église, et produisit cet accident singulier ; il emporta le bout du nez du curé, et fit disparaître le cierge et le rituel qu'il tenait, sans qu'on en ait pu découvrir le moindre vestige. Une partie des assistans fut renversée de frayeur, les autres prirent la fuite.

Après le grand hiver qui survint pendant la démence de Charles VI, le tonnerre gronda tout l'été presque sans interruption. Étant tombé à Angoulême, sur l'église des Capucins, pendant qu'ils psalmodaient les matines, il éteignit toutes les lampes. Réduits à la seule lumière des éclairs multipliés qui se croisaient avec rapidité au milieu des ténèbres de la nuit, les bons pères furent saisis d'une terreur soudaine ; ils s'enveloppèrent la tête de leur capuchon, se prosternèrent tout du long, au pied de leurs stalles, et dirent l'oraison pour conjurer la foudre qui éclatait de toutes parts. L'orage enfin se dissipa, et le jour parut ; nos pieux révérends priaient encore ; ouvrant alors un œil tremblant, et faisant de nouveaux signes de croix, quelle fut leur surprise, de ne plus apercevoir cette longue barbe qu'ils laissaient croître à leur menton ! ils se regardent tous, ils se tâtent, ils se regardent encore !... Plus de barbe !... Le tonnerre les avait rasés pour la plupart, aussi proprement que le meilleur barbier. Cependant, ils assurèrent depuis n'avoir rien senti du tout, tant la peur consterne et saisit les esprits. On peut croire qu'il a ainsi rasé ces révérends, puisque Georges Théarding nous apprend que le tonnerre, étant tombé le 10 juin 1690, dans une des églises de Saint-Raizund, les semelles des souliers de différentes personnes qui étaient à genoux, se trouvèrent enlevées, comme si elles eussent été coupées avec un outil bien tranchant, sans que les pieds de ces personnes fussent endommagées.

Parmi les hommes célèbres qui ont péri par la foudre, Lamothe-le-Vayer cite Zoroastre, Tullus-Hostillius, troisième roi des Romains, un Pompée, Strabon, et Siméon Stylite, ainsi que les empereurs Carus et Anastase.   H....

## LES VENGEANCES.

L'amour et la vengeance nous semblent très bien résumer toutes les passions humaines : aimer, haïr, voilà les deux pivots des actions de l'homme.

Laissant à nos neveux la revue de notre siècle, consultons l'histoire dans un pas rétrograde, et voyons quels événemens ont été accomplis par des vengeances particulières, privées.

Ce fut par vengeance privée, particulière,

que Caïn meurtrit Abel. Par vengeance privée, particulière, que Troie fut anéantie.

Que Rome chassa les Tarquins.

Que Néron fit brûler Rome.

Que Gengis conquit la Chine et l'empire du Karasm.

Que Narsès, l'eunuque, appela les Lombards en Italie sous Justinien, — bien que ce fait soit contesté par Baronius.

Que le comte Julien livra l'Espagne aux Maures.

Que Jean-sans-Peur tua le duc d'Orléans.

Qu'Isabelle de Bavière appela l'Anglais et lui donna la France.

Que Périnet-Leclerc ouvrit aux Bourguignons la porte Bussy.

Que le Dauphin ou ses gens occirent le duc de Bourgogne, à Montereau.

Que Luther et les réformés commencèrent d'abord cette lutte qui amena la liberté religieuse.

Que la duchesse d'Angoulême força Bourbon de s'unir à Charles-Quint.

Que le prince Eugène attaqua Louis XIV avec tant d'acharnement.

Que Masaniello fit soulever Naples contre les Espagnols, etc., etc.

Tous les hommes qui les accomplirent, ces vengeances furent les instrumens dont la Providence a cru devoir se servir pour arriver à ses fins, et pour tirer d'un mal, un bien, ou au moins un peu de bien. Car nous remarquons que presque toutes les catastrophes, les *talions,* que nous avons énumérés, ont fait faire un progrès à la cause sociale. Ce qui se concilie d'ailleurs avec la liberté de l'homme, et ne veut pas dire que tout soit bien ni au mieux, mais que tout tend et doit tendre, *progressivement,* vers un meilleur avenir. — Les erreurs de la Providence en cette vie, si nous pouvons ainsi nous exprimer, étant réparées au ciel, nous répétons cette pensée que nous avons déjà émise. — Il y a toutefois une objection à la doctrine de la perfectibilité, c'est à savoir : — Si la route du *progrès* n'est pas une circonférence.

FIN

she could take it with her when she went out to walk, and if by chance it did drop on the ground it would not break.

She could play with it as she sat by the fire, or put it in her bed at night, and not fear that it would melt with the heat.

Her doll had red cheeks, and she gave it the name of Rose. But her own cheeks were quite pale, so Bell and Grace said the doll was the red rose, and she the white rose.

Rose and her doll went by these

Printed by Ducessois, quai des Augustins, 55.

Imprimerie de Chassaignon, rue (Île-de-France), 7.

www.ingramcontent.com/pod-product-compliance
Ingram Content Group UK Ltd.
Pitfield, Milton Keynes, MK11 3LW, UK
UKHW020911120726
13693UKWH00003B/988